Ernest Hemingway

Indianerlager

Nick Adams Stories

Deutsch von
Annemarie Horschitz-Horst
und Richard K. Flesch

Rowohlt

Richard K. Flesch übersetzte
«Menschen im Sommer» und «Drei Schüsse».
Alle anderen Stories wurden von
Annemarie Horschitz-Horst ins Deutsche
übertragen.

Veröffentlicht im
Rowohlt Taschenbuch Verlag GmbH,
Reinbek bei Hamburg, Juli 1996
Die Texte der vorliegenden Ausgabe wurden
dem Band 4 der «Gesammelten Werke» entnommen:
Copyright © 1929 und 1932
by Ernst Rowohlt Verlag, Berlin
Copyright © 1950 und 1977
by Rowohlt Verlag GmbH,
Reinbek bei Hamburg
«Stories» Copyright © 1925
by Charles Scribner's Sons, New York,
1953 by Ernest Hemingway,
1969 by Mary Hemingway,
1972 by Ernest Hemingway Foundation
Umschlaggestaltung Beate Becker / Gabriele Tischler
(Ausschnitt aus dem
Gemälde «Persönliche Medizin».
© Jerry Ingram, 1982)
Alle deutschen Rechte vorbehalten
Gesetzt aus der Sabon (Linotronic 500)
Gesamtherstellung Clausen & Bosse, Leck
Printed in Germany
200-ISBN 3 499 22069 5

Inhalt

Indianerlager
7

Menschen im Sommer
16

Drei Schüsse
40

Drei Tage Sturm
46

Zehn Indianer
68

Großer doppelherziger Strom I
79

Großer doppelherziger Strom II
100

Indianerlager

Am Seeufer war noch ein Ruderboot heraufgezogen. Die beiden Indianer standen wartend da. Nick und sein Vater setzten sich hinten ins Boot; die Indianer stießen es ab, und einer stieg ein, um zu rudern. Onkel George saß im Heck des Lagerruderbootes. Der junge Indianer stieß das Lagerboot ab und stieg ein, um Onkel George zu rudern.

Die beiden Boote brachen in der Dunkelheit auf. Nick hörte das Geräusch von den Ruderdollen des anderen Bootes ein ganzes Stück entfernt vor sich im Nebel. Die Indianer ruderten mit schnellen, abgehackten Schlägen. Nick legte sich zurück in den Arm seines Vaters. Auf dem Wasser war es kalt. Der Indianer, der sie ruderte, arbeitete angestrengt, aber das andere Boot entfernte sich immer weiter im Nebel.

«Wo fahren wir hin, Dad?» fragte Nick.

«Rüber ins Indianerlager. Eine Indianerin ist sehr krank.»

«Oh!» sagte Nick.

Jenseits der Bucht fanden sie das andere Boot schon festgemacht. Onkel George rauchte im Dunkeln eine Zigarre. Der junge Indianer zog das Boot ein Stück den Strand hinauf. Onkel George gab beiden Indianern Zigarren. Sie gingen vom Strand hinauf durch eine taufrische Wiese und folgten dem jungen Indianer, der eine Laterne trug. Dann kamen sie in den Wald und folgten einer Spur, die auf den Holzfällerweg führte, der in den Hügeln verlief. Auf dem Holzfällerweg war es viel heller, weil die Bäume zu beiden Seiten gefällt waren. Der junge Indianer blieb stehen und blies seine Laterne aus, und sie gingen alle weiter den Weg entlang.

Sie bogen um eine Wegkrümmung, und ein Hund kam kläffend auf sie los. Vor ihnen waren die Lichter der Blockhütten, in denen die indianischen Borkenschäler lebten. Noch mehr Hunde stürzten auf sie los. Die beiden Indianer jagten sie zu den Blockhütten zurück. In der Blockhütte, die dem Weg am nächsten lag, war ein Licht im Fenster. Eine alte Frau stand auf der Türschwelle und hielt eine Lampe.

Drinnen auf einer hölzernen Pritsche lag eine junge Indianerin. Seit zwei Tagen versuchte sie ihr Kind zu bekommen. Alle alten Frauen aus dem Lager hatten ihr geholfen. Die Männer hatten sich auf der Straße außer Hörweite gebracht und saßen rauchend im Dunkeln. Sie schrie gerade, als Nick und die beiden Indianer hinter seinem Vater und Onkel George die Blockhütte betraten. Sie lag sehr dick unter ihrem Federbett in der unteren Bettkoje. Ihr Kopf war zur Seite gedreht. In der oberen Bettkoje lag ihr Mann. Er hatte sich vor drei Tagen mit der Axt böse in den Fuß gehackt. Er rauchte eine Pfeife. Die Stube roch sehr schlecht.

Nicks Vater ließ Wasser auf den Herd stellen und sprach, während es heiß wurde, mit Nick. «Nick», sagte er, «die Frau da bekommt ein Kind.»

«Ich weiß», sagte Nick.

«Du weißt nichts», sagte sein Vater. «Hör zu. Was sie jetzt durchmacht, nennt man Wehen. Das Kind will geboren werden, und sie will, daß es geboren wird. Alle ihre Muskeln arbeiten, um das Kind zu gebären. Das geschieht, wenn sie schreit.»

«Ach so», sagte Nick.

Gerade in dem Augenblick schrie die Frau auf.

«O Daddy, kannst du ihr nicht irgendwas geben, damit sie aufhört zu schreien?» fragte Nick.

«Nein», sagte sein Vater, «ich habe kein Betäubungsmittel. Aber ihr Schreien ist unwichtig. Ich höre es gar nicht, weil es unwichtig ist.»

Der Ehemann in der oberen Koje rollte hinüber zur Wand.

Die Frau in der Küche bedeutete dem Doktor, daß das Wasser heiß sei. Nicks Vater ging in die Küche und goß ungefähr die Hälfte des Wassers aus dem großen Kessel in eine Schüssel. In das zurückgebliebene Wasser im Kessel legte er verschiedene Sachen, die er aus einem Taschentuch auswickelte.

«Die müssen kochen», sagte er und begann sich die Hände mit einem Stück Seife, das er aus dem Lager mitgebracht hatte, in der Schüssel mit heißem Wasser abzuschrubben. Nick beobachtete die Hände seines Vaters, die einander mit Seife abschrubbten. Während sich sein Vater sehr sorgfältig und gründlich die Hände wusch, redete er.

«Siehst du, Nick, eigentlich sollen Kinder mit dem Kopf zuerst zur Welt kommen, aber manchmal tun sie's nicht. Wenn sie's nicht tun, gibt es für alle große Schwierigkeiten. Vielleicht muß ich diese Frau operieren; es wird sich bald herausstellen.»

Als er mit seinen Händen zufrieden war, ging er hinein und an die Arbeit.

«Zieh mal das Federbett weg, ja, George?» sagte er. «Ich möchte es lieber nicht anfassen.»

Nachher, als er zu operieren anfing, hielten der Onkel und drei Indianer die Frau fest. Sie biß Onkel George in den Arm, und Onkel George sagte: «Verdammtes Indianerweib», und der junge Indianer, der Onkel George herübergerudert hatte, lachte ihm zu. Nick hielt seinem Vater die Schüssel. Das Ganze dauerte sehr lange.

Sein Vater nahm das Kind auf und schlug es, damit es atme, dann reichte er es der alten Frau. «Sieh mal, Nick, ein Junge», sagte er. «Na, wie gefällt's dir als Assistent?»

Nick sagte: «Gut.» Er blickte weg, um nicht zu sehen, was sein Vater machte.

«So, da haben wir's», sagte sein Vater und tat etwas in die Schüssel.

Nick sah nicht hin.

«Jetzt», sagte der Vater, «muß ich noch ein paar Stiche machen. Du kannst zusehen oder nicht, Nick, wie du willst. Ich muß den Schnitt nähen, den ich gemacht habe.»

Nick sah nicht hin; mit seiner Neugier war es längst vorbei.

Sein Vater war fertig und stand auf. Onkel George und die drei Indianer standen auch auf. Nick trug die Schüssel hinaus in die Küche.

Onkel George besah seinen Arm. Der junge Indianer lächelte erinnerungsvoll.

«Ich werde es dir mit Wasserstoff auswaschen, George», sagte der Doktor.

Er beugte sich über die Indianerin. Sie war jetzt still, und ihre Augen waren geschlossen. Sie sah sehr blaß aus. Sie wußte nicht, was aus dem Kind geworden war, noch sonst etwas.

«Ich komme morgen früh wieder», sagte der Doktor, sich aufrichtend. «Die Pflegerin aus St. Ignace wird wohl gegen Mittag hier sein und alles, was wir brauchen, mitbringen.»

Er war aufgeregt und gesprächig, wie Footballspieler im Ankleideraum nach dem Kampf.

«Das ist was fürs medizinische Journal, George», sagte er, «ein Kaiserschnitt mit dem Jagdmesser und eine Naht mit einem neun Fuß langen gedrehten Darm.»

Onkel George stand an der Wand und besah seinen Arm.

«Du bist 'n großer Mann, aber gewiß doch», sagte er.

«Muß wohl noch einen Blick auf den stolzen Vater werfen. Gewöhnlich leiden die bei diesen kleinen Angelegenheiten am meisten», sagte der Doktor. «Ich muß sagen, der hier hat sich nicht sehr angestellt.»

Er zog dem Indianer die Decke vom Kopf. Seine Hand war naß. Er stieg auf die Kante der unteren Bettkoje, mit der Lampe in der Hand, und sah hinein. Der Indianer lag mit dem Gesicht zur Wand. Sein Hals war durchschnitten, von einem Ohr zum andern. Das Blut war, wo sein Körper die Bettkoje niederdrückte, zu einer Lache zusammengeflossen. Der Kopf ruhte auf dem linken Arm. Das offene Rasiermesser lag mit der Schneide nach oben zwischen den Decken.

«George, nimm Nick raus», sagte der Doktor.

Das war überflüssig. Nick konnte von der Küchentür aus, wo er stand, genau sehen, was in der oberen Koje vorging, als sein Vater, der in einer Hand die Lampe hielt, den Kopf des Indianers zurücklegte.

Es fing gerade an zu dämmern, als sie den Holzfällerweg zurück zum See gingen.

«Tut mir schrecklich leid, Nickie, daß ich dich mitgenommen habe», sagte sein Vater. Verschwunden war die gehobene Stimmung, die der Operation gefolgt war. «Scheußlich, daß du das mitmachen mußtest.»

«Müssen Frauen immer so viel ausstehen, um Kinder zu bekommen?» fragte Nick.

«Nein, das war ganz, ganz außergewöhnlich.»

«Warum hat er sich denn umgebracht, Daddy?»

«Ich weiß nicht, Nick. Wahrscheinlich konnte er es nicht aushalten.»

«Bringen sich viele Männer um, Daddy?»
«Nicht sehr viele, Nick.»
«Und Frauen?»
«Fast nie.»
«Überhaupt nicht?»
«O doch, manchmal.»
«Daddy?»
«Ja?»
«Wo ist denn Onkel George hin?»
«Der wird schon wieder auftauchen.»
«Ist Sterben schwer, Daddy?»
«Nein, ich glaube, es ist ziemlich leicht, Nick. Es kommt darauf an.»

Sie saßen im Boot, Nick im Heck; sein Vater ruderte. Die Sonne stieg über den Bergen auf. Ein Barsch schnellte hoch und machte einen Kreis im Wasser. Nick ließ seine Hand im Wasser schleifen. Es fühlte sich warm an im schneidenden Morgenfrost.

Am frühen Morgen auf dem See, als er im Heck des Bootes seinem rudernden Vater gegenübersaß, war er überzeugt davon, daß er niemals sterben würde.

Menschen im Sommer

An der unbefestigten Straße, die von Hortons Bay, der Stadt, zum See hinunterführt, war auf halbem Weg eine Quelle. Das Wasser stieg in einer Tonröhre hoch, die neben der Straße eingesenkt war, plätscherte über den zersprungenen Rand der Röhre und floß durch die dicht wuchernde Minze ab in den Sumpf. In der Dunkelheit tauchte Nick den Arm in die Quelle, aber er konnte ihn nicht lange drinlassen wegen der Kälte. Er spürte an den Fingern das feine Rieseln des Sandes, der aus der Quellfassung nach oben gewirbelt wurde. Ich wollte, ich könnte da ganz hineinkriechen, dachte Nick. Das würde mir bestimmt auf die Beine helfen. Er zog den Arm heraus und setzte sich an den Straßenrand. Es war eine warme Nacht.

Weiter unten an der Straße konnte er das auf Pfählen über dem Wasser gebaute Bean-Haus weiß durch die Bäume schimmern sehen. Er hatte keine Lust, zum Anlegesteg hinunterzugehen. Da unten waren sie jetzt alle zum Schwimmen. Er hatte keine Lust, Kate zu treffen, wenn Odgar dabei war. Er konnte das Auto erkennen, auf der Straße, gleich neben dem Lagerschuppen. Odgar und Kate waren dort unten. Odgar mit diesem Stockfisch-Blick, den er immer bekam, wenn er Kate anschaute. War denn Odgar wirklich so ahnungslos? Nie würde Kate ihn heiraten. Sie würde überhaupt keinen heiraten, der es ihr nicht mal richtig zeigte. Und wenn einer das versuchte, dann würde sie sich innerlich zusammenrollen und sich hart machen und entschlüpfen. Er dagegen, er konnte sie ohne weiteres dazu bringen. Statt sich fest zusammenzurollen und zu entschlüpfen, öffnete sie sich dann weich, war locker und entspannt und gut zu halten. Odgar meinte, die Liebe, das sei das Entscheidende. Seine Augen begannen zu schielen und röteten sich an den Lidrändern. Sie konnte es nicht ertragen, daß er sie berührte. Das alles stand in seinen Augen. Dann verlangte Odgar immer, sie sollten einfach gute Freunde bleiben, wie zuvor. Im Sand spielen. Matschkuchen backen. Tagesausflüge, zu zweit im Boot. Kate immer im

Badeanzug. Und Odgar, der den Blick nicht von ihr wandte.

Odgar war zweiunddreißig und hatte zwei Varikozele-Operationen hinter sich. Er war häßlich anzusehen, und alle mochten sein Gesicht. Odgar schaffte es nie, und dabei war es für ihn das Wichtigste auf der Welt. Jeden Sommer stellte er es noch ungeschickter an. Es war mitleiderregend. Odgar war schrecklich nett. Niemand war je so nett zu Nick gewesen wie Odgar. Und Nick konnte es haben, wenn er wollte... Wenn Odgar das wüßte, dachte Nick, würde er sich umbringen. Auf welche Weise wohl? Er konnte sich Odgar nicht tot vorstellen. Wahrscheinlich würde er es nicht tun. Immerhin, es gab Leute, die taten es. Es war nicht einfach Liebe. Odgar meinte, einfach Liebe, das reiche. Odgar liebte sie genug, weiß Gott. Aufs Mögen kam es an. Den Körper mögen, den Körper ins Spiel bringen, und überreden, und riskieren, und nie Angst machen und nie beim anderen etwas als gegeben voraussetzen, und immer nehmen, nie fragen; Zartheit und Zuneigung, Zuneigung wecken und Glücksgefühl, ein bißchen Spaß machen und dem anderen keine Angst einjagen. Und später mußte man dann gut sein dabei. Das war nicht Lieben. Lieben, das war furchteinflößend. Er, Nicholas Adams, bekam, was er wollte, etwas in ihm brachte das zuwege. Vielleicht hielt es nicht für immer vor. Vielleicht würde er es verlieren. Er hätte es Odgar gern überlassen, oder wenigstens mit ihm darüber gesprochen. Es gab überhaupt nichts, worüber man sprechen konnte, mit wem auch immer. Schon gar nicht mit Odgar. Nein, das stimmte nicht. Es galt für alle und jeden. Das war von jeher sein großer Fehler gewesen, Reden. Durch Reden hatte er sich schon um zu vieles gebracht. Aber es müßte eine Möglichkeit geben, etwas für die Jungfrauen in Princeton, Yale und Harvard zu tun. Wieso gab es an den staatlichen Universitäten keine Jungfrauen? Koedukation, vielleicht. Da trafen sie Mädchen, die aufs Heiraten aus waren, und die Mädchen halfen ihnen auf die Sprünge und heirateten sie. Was würde wohl aus Burschen wie Odgar und Harvey und Mike und all den anderen werden? Er wußte es nicht. Er lebte noch nicht lange genug. Sie waren die anständigsten Kerle der Welt. Was wurde aus ihnen? Woher zum Teufel sollte er das wissen. Woher sollte er schreiben können wie Hardy und Hamsun, da er doch erst seit zehn Jahren bewußt lebte? Es ging einfach nicht. Warte ab, bis ich fünfzig bin.

Er kniete im Dunkeln nieder und trank aus der Quelle. Er fühlte sich in Form. Er wußte, daß er einmal ein großer Schriftsteller sein würde. Er wußte Bescheid, und sie konnten ihm nichts anhaben. Keiner. Er wußte nur noch nicht genug Bescheid. Aber das würde schon noch kommen. Er wußte es. Das Wasser war kalt, und die Augen taten ihm weh. Er hatte einen zu großen Schluck genommen. Wie bei Eiskrem. Das passiert, wenn man trinkt und dabei die Nase unter Wasser hat. Er sollte jetzt besser schwimmen gehen. Grübeln taugte nichts. Das fing an, und dann nahm es kein Ende mehr. Er ging die Straße hinunter, vorbei an dem Wagen und dem großen Lagerschuppen zur Linken, wo im Herbst Äpfel und Kartoffeln auf die Lastkähne verladen wurden, vorbei an dem weiß gestrichenen Bean-Haus, wo sie manchmal bei Laternenlicht auf dem alten Dielenboden tanzten, und weiter hinaus auf den Anlegesteg, wo die anderen schwammen.

Sie schwammen alle draußen hinter dem Ende des Stegs. Während Nick über die rauhen Bretter ging, tief unter sich das Wasser, hörte er den knarrenden Protest des Sprungbretts und klatschendes Eintauchen. Das Wasser plätscherte gegen die Pfähle. Das muß The Ghee sein, dachte er. Kate tauchte aus dem Wasser auf wie ein Seehund und zog sich an der Leiter hoch.

«Es ist Wemedge», schrie sie den anderen zu. «Los, Wemedge, komm rein. Es ist wunderbar.»

«Hallo, Wemedge», sagte Odgar. «Mann, ist ja phantastisch.»

«Wo ist Wemedge?» Das war The Ghee, der weit draußen schwamm.

«Ist dieser Wemedge eigentlich Nichtschwimmer?» Bills Stimme, ein tiefer Baß über dem Wasser.

Es tat Nick wohl. Es war schön, mit solchem Gebrüll empfangen zu werden. Er trat die Leinenschuhe von den Füßen, zog das Hemd über den Kopf und stieg aus seiner Hose. Seine nackten Füße spürten die sandigen Planken des Stegs. Er nahm einen schnellen Anlauf auf dem federnd nachgebenden Sprungbrett, seine Zehen stießen ab, er spannte die Muskeln, war im Wasser und schoß in die Tiefe, ohne das Eintauchen wahrgenommen zu haben. Er hatte beim Absprung tief Atem geholt, und jetzt glitt er weiter und immer weiter durch das Wasser, den Rücken leicht gekrümmt, die Füße flach nach hinten gestreckt. Dann war er an der Oberfläche und trieb mit dem Gesicht nach unten dahin. Er drehte sich auf den Rücken und öffnete die Augen. Er machte sich nichts aus Schwimmen, es kam ihm nur aufs Tauchen an, darauf, unter Wasser zu sein.

«Na, Wemedge?» The Ghee war direkt hinter ihm. «Wie ist es?»

«Warm wie Pisse», sagte Nick.

Er holte tief Atem, zog die Knie unters Kinn, packte seine Fußgelenke und ließ sich langsam hinabsinken. Nahe der Oberfläche war das Wasser warm, aber bald wurde es kühl, dann kalt. Als er sich dem Grund näherte, war es sehr kalt. Sanft schwebend erreichte Nick den Boden. Er war lehmig, und es war ein häßliches Gefühl an den Zehen, als

Nick sich aufrichtete und kräftig abstieß, um wieder nach oben an die Luft zu kommen. Es war seltsam, aus der Tiefe in die Nacht hinaufzutauchen. Nick ruhte sich auf dem Wasser aus, paddelte nur ganz leicht und fühlte sich wohl. Oben auf dem Steg unterhielten sich Odgar und Kate.

«Bist du schon mal bei Meeresleuchten geschwommen, Carl?»

«Nein.» Wenn Odgar mit Kate sprach, klang seine Stimme unnatürlich.

Wir könnten uns ja mal alle mit Phosphorstreichhölzern einreiben, dachte Nick. Er holte tief Luft, zog die Knie an, packte dann fest zu und ließ sich sinken, diesmal mit offenen Augen. Er sank langsam, erst seitwärts, dann mit dem Kopf voraus. Es hatte keinen Sinn. Man konnte bei Nacht unter Wasser nichts sehen. Er hatte recht gehabt, die Augen geschlossen zu halten, als er vorhin hineinsprang. Komisch, solche Reflexe. Waren aber auch nicht immer richtig. Er tauchte nicht ganz hinab, sondern streckte sich und schwamm unterhalb der warmen Wasserschicht im Kühlen weiter. Komisch, wieviel Spaß es machte, unter Wasser zu schwimmen, und wie wenig richtigen Spaß, wenn man normal schwamm. Im Meer machte es Spaß, an der Oberfläche zu schwimmen. Das machte der Auftrieb. Aber da war auch dieser Salzwassergeschmack, und der Durst hinterher. Süßwasser war besser. So wie jetzt, in einer warmen Nacht. Genau unter dem vorspringenden Ende des Stegs kam er zum Luftholen hoch und kletterte die Leiter hinauf.

«Ach, Wemedge, spring doch mal, ja?» sagte Kate. «Aber schön!» Sie hockten nebeneinander auf dem Steg, an einen der dicken Pfähle gelehnt.

«Und lautlos eintauchen, Wemedge», sagte Odgar.

«Na gut.»

Tropfend ging Nick bis zur Vorderkante des Sprungbretts und rief sich dabei in Erinnerung, wie der Sprung ausgeführt werden mußte. Odgar und Kate sahen ihm zu, wie er vorn auf dem Brett stand, schwarz in der Dunkelheit, balancierte und sprang, wie er es beim Beobachten von Seeottern gelernt hatte. Als Nick unten im Wasser wendete, um wieder nach oben an die Luft zu kommen, dachte er, Gott, wenn ich doch Kate hier unten haben könnte. Er schoß an die Oberfläche, fühlte Wasser in Augen und Ohren. Er mußte schon angefangen haben, Atem zu holen.

«Großartig!» rief Kate vom Steg herüber. «Ganz großartig!»

Nick kam die Leiter herauf.

«Wo sind die anderen?» fragte er.

«Schwimmen irgendwo in der Bucht», sagte Odgar. «Weiter draußen.»

Nick legte sich neben Kate und Odgar auf den Steg. Er konnte The Ghee und Bill hören, die draußen in der Dunkelheit schwammen.

«Du springst einfach wunderbar, Wemedge», sagte Kate und berührte seinen Rücken mit dem Fuß. Er zuckte zusammen.

«Ach wo», sagte er.

«Du bist ein Wunder, Wemedge», sagte Odgar.

«Quatsch», sagte Nick. Er überlegte, überlegte, ob es wohl möglich war, es unter Wasser zu tun, er konnte drei Minuten lang die Luft anhalten, auf dem sandigen Grund, man konnte zusammen nach oben schweben, Atem holen und wieder hinuntergehen; sich hinabsinken lassen war ganz einfach, wenn man wußte, wie man es macht. Er hatte einmal, um anzugeben, unter Wasser eine Flasche Milch ausgetrunken und eine Banane geschält und gegessen; er hatte allerdings Gewichte gebraucht, die ihn unten hielten. Wenn da am Grund ein Ring wäre, irgendwas, wo er den Arm durchschieben könnte, dann müßte es gehen. Mensch, wie das wohl wäre. Aber dazu bringst du kein Mädchen, ein Mädchen hält das nicht aus, die schluckt Wasser. Kate würde dabei ersaufen, Kate war nicht besonders gut unter Wasser. Wenn's doch nur ein Mädchen dafür gäbe, dachte er. Vielleicht würde er mal so ein Mädchen erwischen, aber nein, wahrscheinlich nie, niemand war unter Wasser so zu Hause wie er. Schwimmer – na! Schwimmer waren doch Flaschen, keiner kannte sich im Wasser so aus wie er. In Evanston war einer, der konnte die Luft sechs Minuten lang anhalten, aber der war übergeschnappt. Nick wünschte, er wäre ein Fisch. Nein, lieber nicht. Er lachte.

«Was ist denn so komisch, Wemedge?» fragte Odgar mit seiner verschleierten Dicht-bei-Kate-Stimme.

«Ich hab mir gerade gewünscht, ich wäre ein Fisch», sagte Nick.

«Also, das ist wirklich komisch», sagte Odgar.

«Irrsinnig komisch», sagte Nick.

«Du spinnst ja, Wemedge», sagte Kate.

«Möchtest du ein Fisch sein, Butstein?» fragte er. Sein Kopf lag, von den beiden abgewandt, auf den Planken.

«Nein», sagte Kate. «Heute abend nicht.»

Nick preßte den Rücken fest gegen ihren Fuß. «Welches Tier würdest du denn gern sein, Odgar?» fragte er.

«J. P. Morgan», sagte Odgar.

«Wie nett, Odgar», sagte Kate.

Nick spürte geradezu, wie Odgar rot wurde.

«Ich würde gern Wemedge sein», sagte Kate.

«Du könntest immerhin Mrs. Wemedge sein», sagte Odgar.

«Eine Mrs. Wemedge wird es nie geben», sagte Nick. Er spannte die Rückenmuskeln. Kate hatte die Beine gegen seinen Rücken gestemmt, so als säße sie vor dem Kamin und hätte die Füße auf ein Holzscheit gelegt.

«Da wäre ich nicht so sicher», sagte Odgar.

«Ich bin ganz sicher», sagte Nick. «Ich werde eine Nixe heiraten.»

«Dann wird die eben Mrs. Wemedge», sagte Kate.

«Wird sie nicht», sagte Nick. «Das laß ich nicht zu.»

«Wie willst du's denn verhindern?»

«Das verhindere ich schon, keine Sorge. Sie kann's ja mal probieren.»

«Nixen heiraten überhaupt nicht», sagte Kate.

«Das ist sehr in meinem Sinn», sagte Nick.

«Dann kommst du vor den Kadi», sagte Odgar.

«Wir bleiben einfach außerhalb der Viermeilenzone», sagte Nick. «Zu essen kriegen wir von den Rum-Schmugglern. Du kannst dir ja einen Taucheranzug besorgen und uns mal besuchen, Odgar. Und bring Butstein mit, wenn sie Lust hat. Wir empfangen jeden Donnerstagnachmittag.»

«Was machen wir morgen?» fragte Odgar. Seine Stimme klang wieder verschleiert. Kates Nähe.

«Ach, red doch nicht von morgen», sagte Nick. «Ich will über meine Nixe reden.»

«Mit deiner Nixe sind wir fertig.»

«Na schön», sagte Nick. «Ihr könnt euch ja unterhalten, Odgar und du. Ich werde solange an sie denken.»

«Du bist unmoralisch, Wemedge. Schrecklich unmoralisch.»

«Bin ich nicht. Ich bin bloß ehrlich.» Dann, mit geschlossenen Augen: «Stört mich nicht. Ich denke an sie.»

Er lag da und dachte an seine Nixe, während Kate, die Füße gegen seinen Rücken gestemmt, sich mit Odgar unterhielt.

Odgar und Kate unterhielten sich, aber er hörte nicht hin. Er lag da, dachte jetzt an gar nichts mehr und war glücklich und zufrieden.

Bill und The Ghee waren weiter unten am See aus dem Wasser gekommen. Sie gingen am Ufer entlang zum Wagen und fuhren ihn rückwärts auf den Steg. Nick stand auf und zog sich an. Bill und The Ghee saßen vorn, müde nach dem langen Schwimmen. Nick stieg mit Kate und Odgar hinten ein. Sie lehnten sich zurück. Bill donnerte den Hügel hinauf und bog in die Hauptstraße ein. Auf der Chaussee sah Nick in der Ferne die Lichter entgegenkommender Wagen, die verschwanden, um dann plötzlich zu blenden, wenn sie über eine Kuppe fuhren, im Näherkommen zu blinkern und schließlich abzublenden, wenn Bill vorbeifuhr. Am Seeufer entlang verlief die Straße erhöht. Schwere Wagen aus Charlevoix begegneten ihnen, in denen reiche Stinker hinter ihren Chauffeuren saßen, die nicht abblendeten und nicht von der Straßenmitte wichen. Sie rauschten vorbei wie Schnellzüge. Bill richtete den Lichtkegel des Suchscheinwerfers auf Autos, die am Straßenrand unter den Bäumen parkten, und veranlaßte die Insassen, ihre Position zu ändern. Kein Fahrzeug überholte Bill; nur einmal spielte das Licht eines Suchscheinwerfers eine Weile von hinten auf ihren Köpfen, bis Bill davonbrauste. Bill verringerte das Tempo und bog scharf in den sandigen Fahrweg ein, der durch den Obstgarten zum Farmhaus hinaufführte. Stetig rollte der Wagen im kleinen Gang bergauf durch den Obstgarten. Kate legte die Lippen an Nicks Ohr.

«So in einer Stunde, Wemedge», sagte sie.

Nick preßte seinen Schenkel fest gegen den ihren.

Auf der Kuppe des Hügels, oberhalb des Obstgartens, beschrieb der Wagen einen Kreis und hielt vor dem Haus.

«Tante schläft schon. Wir müssen leise sein», sagte Kate.

«Gute Nacht, Leute», flüsterte Bill. «Wir kommen morgen früh vorbei.»

«Nacht, Smith», flüsterte The Ghee. «Nacht, Butstein.»

«Gute Nacht, Ghee», sagte Kate.

Odgar wohnte mit im Haus.

«Gute Nacht, Leute», sagte Nick. «Bis dann, Morgan.»

«Nacht, Wemedge», sagte Odgar von der Veranda.

Nick und The Ghee gingen den Fahrweg hinunter durch den Obstgarten. Nick griff nach oben und pflückte einen Apfel vom Baum. Er war noch grün, aber Nick sog den Saft heraus und spuckte das Fruchtfleisch aus.

«Ihr seid lange geschwommen, du und Bill Bird», sagte er.

«Halb so wild, Wemedge», antwortete The Ghee.

Sie erreichten das untere Ende des Obstgartens und gingen am Briefkasten vorbei auf die asphaltierte Chaussee hinaus. In der Mulde, wo die Straße den Bach überquerte, hing kalter Nebel. Auf der Brücke blieb Nick stehen.

«Komm schon, Wemedge», sagte The Ghee.

«Na schön», sagte Nick bereitwillig.

Sie gingen bergauf bis an die Stelle, wo die Straße einen Bogen machte und die Baumgruppe bei der Kirche erreichte. In keinem der Häuser, an denen sie vorbeikamen, brannte Licht. Hortons Bay lag im Schlaf. Kein Auto war ihnen begegnet.

«Ich hab noch keine Lust zum Schlafen», sagte Nick.

«Soll ich noch ein paar Schritte mit dir gehen?»

«Ach nein, Ghee. Laß nur.»

«Wie du willst.»

«Ich begleite dich noch bis zur Hütte», sagte Nick.

Sie hakten die Fliegengittertür auf und traten in die Küche. Nick öffnete den Eisschrank und wandte sich um.

«Magst du was davon, Ghee?» fragte er.

«Ich möchte ein Stück *pie*», sagte The Ghee.

«Ich auch», sagte Nick. Er packte etwas Brathuhn und zwei Stücke Kirsch-*pie* in Butterbrotpapier, das auf dem Eisschrank lag.

«Das nehm ich mit», sagte er.

The Ghee nahm eine Schöpfkelle voll Wasser aus dem Eimer und spülte den Kuchen damit hinunter.

«Wenn du was zu lesen willst, Ghee, dann hol dir was aus meinem Zimmer», sagte Nick.

The Ghee hatte das Päckchen mit dem Essen gemustert, das Nick zurechtgemacht hatte.

«Sei kein Narr, Wemedge», sagte er.

«Das geht schon in Ordnung, Ghee.»

«Na schön. Aber sei kein Narr», sagte The Ghee. Er öffnete die Fliegengittertür, trat hinaus und ging durch das Gras zur Hütte hinüber. Nick knipste das Licht aus, ging nach draußen und hakte die Fliegengittertür wieder zu. Das Päckchen hatte er in Zeitungspapier gewickelt. Er überquerte die nasse Wiese, stieg über den Zaun und ging unter den hohen Ulmen die Straße hinauf durch die Stadt, vorbei an der letzten Traube von Briefkästen bei der Kreuzung, und weiter auf die Chaussee, nach Charlevoix zu. Nachdem er den Bach überquert hatte, ging er schräg über einen Acker und außen am Obstgarten entlang. Er hielt sich am Rand der Lichtung, kletterte über einen Holzzaun und war in der Waldparzelle. In ihrer Mitte standen vier Hemlocktannen dicht beieinander. Der Boden war weich, dick mit Nadeln bedeckt und nicht betaut. Die Parzelle war nie durchgeforstet worden, und der Waldboden war warm und trocken, frei von Unterholz. Nick deponierte das Essenpaket am Fuß einer der Hemlocktannen, legte sich hin und wartete. Er sah Kate in der Dunkelheit zwischen den Stämmen herankommen, aber er rührte sich nicht. Sie sah ihn nicht und blieb einen Moment stehen, zwei Decken in den Armen. Im Dunkeln sah es aus, als sei sie hochschwanger. Nick war schockiert. Dann fand er es komisch.

«Hallo, Butstein», sagte er.

Sie ließ die Decken fallen. «O Wemedge...
Du darfst mir nicht solche Angst machen. Ich
dachte schon, du wärst nicht gekommen.»

«Liebe Butstein», sagte Nick. Er drückte
sie an sich, fühlte ihren Körper, den ganzen
süßen Körper, mit dem seinen. Sie preßte sich
an ihn.

«Ich hab dich so lieb, Wemedge.»

«Liebe, liebe alte Butstein», sagte Nick.

Sie breiteten die Decken aus. Kate strich sie
glatt.

«Es war schrecklich gefährlich, die Decken mitzubringen», sagte sie.

«Ich weiß», sagte Nick. «Komm, wir ziehen uns aus.»

«Ach, Wemedge...»

«Es macht mehr Spaß.»

Auf den Decken sitzend, zogen sie sich aus.
Nick war es ein bißchen peinlich, so dazusitzen.

«Magst du mich so, Wemedge? Ohne
Kleider?»

«Komm unter die Decke», sagte Nick. Ihr
Körper war kühl gegen seine Hitze. Er
suchte. Dann war es gut.

«Ist es gut?»

Als Antwort stemmte sich Kate ihm entgegen.

«Macht's dir Freude?»

«O Wemedge, ich hab's mir so gewünscht. Ich hab's so gebraucht.»

Sie lagen zusammen zwischen den Decken. Wemedge ging mit dem Kopf tiefer, seine Nase tupfte die Linie ihres Halses entlang, wanderte weiter zwischen ihre Brüste. Wie ein Finger auf den Tasten eines Klaviers.

«Du riechst so kühl», sagte er.

Er berührte eine der kleinen Brüste sanft mit den Lippen. Sie wurde lebendig zwischen seinen Lippen, unter dem Druck seiner Zunge. Er spürte, wie ihn das Gefühl wieder überkam; seine Hände glitten tiefer, drehten Kate herum. Er rutschte nach unten, und sie schmiegte sich eng an ihn. Sie preßte sich fest in die Kurve seines Bauchs. Es war ein wundervolles Gefühl. Er suchte, ein wenig ungeschickt, fand es. Er legte die Hände auf ihre Brüste und drückte sie an sich. Nick küßte sie fest auf den Rücken. Kates Kopf kippte nach vorn.

«Ist es schön so?» fragte er.

«Herrlich. Herrlich. Herrlich. Mach, daß

es kommt. Wemedge. Bitte komm. Komm. Komm. Bitte, Wemedge. Bitte, bitte, Wemedge.»

«Jetzt», sagte Nick.

Plötzlich spürte er die rauhen Decken an seinem nackten Körper.

«War ich schlecht, Wemedge?» fragte Kate.

«Nein, du warst gut», sagte Nick. Sein Geist arbeitete hart und klar. Er sah alles sehr scharf und klar. «Ich habe Hunger», sagte er.

«Ich wollte, wir könnten hier schlafen bis morgen früh.» Kate kuschelte sich an ihn.

«Das wäre fein», sagte Nick. «Geht aber nicht. Du mußt zurück ins Haus.»

«Ich mag nicht», sagte Kate.

Nick stand auf. Ein leichter Wind spielte auf seinem Körper. Er zog sein Hemd an und war froh, es anzuhaben. Er zog die Hose an und die Schuhe. «Du mußt dich jetzt anziehen, Schlampe», sagte er.

Sie lag da, die Decke über den Kopf gezogen.

«Nur noch einen Augenblick», sagte sie.

Nick holte das Päckchen mit dem Essen bei der Hemlocktanne und machte es auf.

«Los, zieh dich an, Schlampe», sagte er.

«Ich mag aber nicht», sagte Kate. «Ich werde hier schlafen heute nacht.» Sie setzte sich auf. «Gib mir mal das Zeug rüber, Wemedge.»

Nick gab ihr ihre Kleider.

«Ich hab gerade darüber nachgedacht», sagte Kate. «Wenn ich hier draußen schlafe, dann denken sie höchstens, ich bin ein Idiot, daß ich mit den Decken hier rausgekommen bin. Und alles ist in Ordnung.»

«Das wird aber nicht sehr bequem sein», sagte Nick.

«Wenn's mir zu unbequem wird, geh ich rein.»

«Laß uns essen, ehe ich weg muß», sagte Nick.

Sie saßen beieinander und aßen Brathuhn, und jeder aß ein Stück Kirsch-*pie*.

Nick stand auf, dann kniete er nieder und küßte Kate.

Durch das nasse Gras erreichte er die Hütte und stieg behutsam, damit keine Stufe knarrte, zu seinem Zimmer hinauf. Es tat wohl, im Bett zu liegen, sich zwischen den Leintüchern auszustrecken und den Kopf ins

Kissen sinken zu lassen. Schön im Bett, bequem, glücklich, morgen Angeln; er betete, wie er es immer tat, wenn er es nicht vergaß, für die Familie, für sich selbst, daß er ein großer Schriftsteller werden würde, für Kate, für die anderen, für Odgar, um Erfolg beim Angeln, armer Odgar, armer alter Odgar. Der schlief jetzt da oben in der Hütte, oder vielleicht schlief er auch nicht, vielleicht schlief er die ganze Nacht nicht. Aber da konnte man einfach nichts machen, überhaupt nichts.

Drei Schüsse

Nick zog sich im Zelt aus. Auf der Plane sah er die Schatten, die sein Vater und Onkel George im Schein des Feuers warfen. Er fühlte sich unbehaglich, und er schämte sich; er zog sich aus, so rasch er konnte, und legte seine Kleider sauber zusammen. Er schämte sich, weil ihm beim Ausziehen die vergangene Nacht einfiel. Den ganzen Tag über hatte er die Erinnerung daran verdrängt.

Sein Vater und sein Onkel waren nach dem Abendessen über den See gefahren, um mit der Laterne zu fischen. Ehe sie das Boot ins Wasser hinausschoben, hatte sein Vater gesagt, er solle das Gewehr nehmen und dreimal schießen, wenn irgend etwas los sei; dann würden sie sofort zurückkommen.

Nick ging vom Seeufer durch den Wald zum Lager. Draußen im Dunkel hörte er die Ruder des Bootes. Sein Vater ruderte, und sein Onkel saß mit der Schleppangel hinten im Boot; er hatte diesen Platz eingenommen, während sein Vater das Boot hinausschob. Nick lauschte, bis das Geräusch der Ruder draußen auf dem See nicht mehr zu hören war.

Während er durch den Wald zurückging, begann er sich zu fürchten. Im Wald fürchtete er sich nachts immer ein bißchen. Er öffnete die Zeltklappe, zog sich aus und lag dann, in die Decken gehüllt, ganz still in der Dunkelheit. Draußen war das Feuer zu einem Häufchen Glut heruntergebrannt. Nick lag reglos und versuchte einzuschlafen. Es war totenstill. Nick dachte, wenn er nur einen Fuchs bellen hören würde, oder den Ruf einer Eule, oder irgend etwas, dann wäre alles in Ordnung. Es war noch nichts Bestimmtes, wovor er Angst hatte. Aber die Angst wuchs. Dann hatte er plötzlich Angst vor dem Sterben. Es war ein paar Wochen her, da hatten sie daheim in der Küche einen Choral gesungen: «Und einmal reißt der Faden ab.» Während sie den Choral sangen, war Nick klargeworden, daß er eines Tages sterben mußte. Ihm wurde ganz schlecht bei dem Gedanken. Es war das erste Mal, daß ihm das klar wurde: irgendwann mußte er sterben.

An jenem Abend hatte er sich in die Diele gesetzt und versucht, im Schein der Nachtlampe *Robinson Crusoe* zu lesen, um seine Gedanken von der Tatsache abzulenken, daß der Faden einmal abreißen mußte. Das Kindermädchen hatte ihn dabei erwischt und gedroht, sie werde es seinem Vater sagen, wenn er nicht sofort zu Bett ginge. Er war zu Bett gegangen und hatte sich, sobald das Kindermädchen in ihrem Zimmer war, wieder unter die Lampe in der Diele gesetzt und bis zum Morgen gelesen.

Gestern abend hatte ihn im Zelt die gleiche Furcht überfallen. Tagsüber geschah das nie: immer nur nachts. Zuerst war es mehr Begreifen gewesen als Fürchten, aber doch dicht an der Grenze der Furcht, und es war rasch zur Furcht geworden, nachdem es einmal angefangen hatte. Und als er sich dann richtig fürchtete, nahm er das Gewehr, schob den Lauf zum Zelt hinaus und schoß dreimal. Der Rückstoß war sehr stark. Er hörte, wie die Kugeln durch das Gezweig fetzten. Kaum daß er die Schüsse abgefeuert hatte, war alles gut.

Er legte sich hin, um die Rückkehr seines

Vaters abzuwarten, und war eingeschlafen, noch ehe der Vater und der Onkel drüben am anderen Ufer ihre Laterne ausgemacht hatten.

«Verdammter Bengel», sagte Onkel George, während sie zurückruderten. «Warum hast du ihm gesagt, er soll uns rufen? Der sieht doch sicher bloß Gespenster.» Onkel George war ein begeisterter Angler und Vaters jüngerer Bruder.

«Ach, laß doch», sagte der Vater. «Er ist doch noch klein.»

«Eben. Wir hätten ihn gar nicht mitnehmen sollen in den Wald.»

«Ich weiß, er ist ein schrecklicher Feigling», sagte sein Vater, «aber in dem Alter haben wir doch alle Schiß.»

«Ich finde ihn unausstehlich», sagte George. «Außerdem lügt er wie gedruckt.»

«Komm, laß gut sein. Du wirst noch reichlich zum Angeln kommen.»

Sie kamen ins Zelt, und Onkel George richtete den Lichtkegel seiner Taschenlampe Nick direkt ins Gesicht.

«Was war denn, Nickie?» fragte sein Vater.

Nick setzte sich im Bett auf.

«Es hat geklungen wie eine Kreuzung zwischen Fuchs und Wolf», sagte er. «Es hat am Zelt rumgemacht. Es war ein bißchen wie ein Fuchs, aber mehr wie ein Wolf.» Den Ausdruck ‹eine Kreuzung zwischen...› hatte er am selben Tag von seinem Onkel aufgeschnappt.

«Ein Käuzchen wird er gehört haben», meinte Onkel George.

Am anderen Morgen entdeckte sein Vater zwei große Linden, deren Stämme quer aneinanderlehnten, so daß sie sich im Wind rieben. «Kann es das gewesen sein, Nick?» fragte sein Vater.

«Vielleicht», sagte Nick. Er wollte nicht daran denken.

«Im Wald brauchst du dich nicht zu fürchten, Nick. Da gibt's nichts, was dir etwas tun kann.»

«Nicht mal der Blitz?»

«Nein, nicht mal der Blitz. Wenn's ein Gewitter gibt, geh raus ins Freie. Oder stell dich unter eine Buche. Der Blitz schlägt nie in Buchen ein.»

«Nie?» fragte Nick.

«Ich hab nie gehört, daß er in eine Buche eingeschlagen hätte», sagte sein Vater.

«Mann, ich bin froh, daß ich das weiß, das mit den Buchen.»

Und jetzt war er wieder im Zelt und zog sich aus. Er schaute nicht hin, aber er wußte, daß die beiden Schatten auf die Plane fielen. Dann hörte er, wie ein Boot auf den Strand gezogen wurde, und die Schatten waren verschwunden. Er hörte seinen Vater mit jemand sprechen.

Dann rief sein Vater: «Zieh dich an, Nick!»

Er zog sich an, so schnell er konnte. Sein Vater kam ins Zelt und stöberte in den Seesäcken herum.

«Zieh deine Jacke über, Nick», sagte sein Vater.

Drei Tage Sturm

Es hörte auf zu regnen, als Nick in den Weg einbog, der durch den Obstgarten hinaufführte. Das Obst war gepflückt, und der Herbstwind blies durch die kahlen Bäume. Nick blieb stehen und hob am Wegrand im braunen Gras einen Apfel auf, der vom Regen blinkte. Er steckte den Apfel in die Tasche seines Mackinaw-Mantels.

Der Weg führte aus dem Obstgarten hinauf auf die Kuppe des Hügels. Dort war das Haus mit der kahlen Veranda und Rauch, der aus dem Schornstein kam. Hinten war die Garage, der Hühnerstall und der junge Tannenwuchs wie eine Hecke gegen den fernen Wald. Die großen Bäume schwankten stark im Wind, während er hinblickte. Es war der erste der Herbststürme.

Als Nick hinter dem Obstgarten übers freie Feld ging, öffnete sich die Tür des Hauses, und Bill kam heraus. Er stand auf der Schwelle und blickte um sich.

«Na, Wemedge», sagte er.

«Tag, Bill», sagte Nick und kam die Stufen herauf.

Sie standen nebeneinander und blickten über das Land, hinunter über den Obstgarten, jenseits der Straße, über die Felder drunten und die Wälder der Landspitze im See. Der Wind blies direkt den See herunter. Sie konnten die Brandung bei Ten Miles sehen.

«Stürmt toll», sagte Nick.

«Wird drei Tage so stürmen», sagte Bill.

«Ist dein Alter zu Hause?» fragte Nick.

«Nein, er ist mit der Flinte draußen. Komm doch rein.»

Nick ging ins Haus. Im Kamin brannte ein großes Feuer. Es heulte im Sturm. Bill machte die Tür zu.

«Wollen wir etwas trinken?» fragte er. Er ging in die Küche hinaus und kam mit zwei Gläsern und einem Krug Wasser wieder. Nick langte nach der Whiskyflasche auf dem Bord überm Kamin.

«In Ordnung?» sagte er.

«Ja», sagte Bill.

Sie saßen vor dem Feuer und tranken irischen Whisky mit Wasser.

«Hat einen wunderbar rauchigen Geschmack», sagte Nick und blickte durch sein Glas hindurch ins Feuer.

«Das ist der Torf», sagte Bill.

«Man kann doch nicht Torf in den Schnaps tun», sagte Nick.

«Ist ja auch egal», sagte Bill.

«Hast du mal Torf gesehen?» fragte Nick.

«Nein», sagte Bill.

«Ich auch nicht», sagte Nick.

Seine Schuhe, die er ans Feuer hielt, fingen an zu dampfen.

«Zieh lieber die Schuhe aus», sagte Bill.

«Hab keine Socken an.»

«Zieh sie aus und laß sie trocknen. Ich hol dir welche», sagte Bill. Er ging hinauf ins Dachgeschoß, und Nick hörte ihn über seinem Kopf hin und her gehen. Oben war es offen, direkt unterm Dach, wo Bill und sein Vater und er, Nick, manchmal schliefen. Dahinter war ein Ankleideraum. Sie räumten die Feldbetten aus dem Regen weg nach hinten und deckten sie mit Gummidecken zu.

Bill kam mit einem Paar dicker, wollener Socken herunter. «Ist schon zu spät, um ohne Socken herumzulaufen», sagte er.

«Gräßlich, wieder damit anzufangen», sagte Nick. Er zog die Socken an, ließ sich in seinen Stuhl plumpsen und legte die Füße auf den Kaminschirm vor dem Feuer.

«Du wirst den Schirm kaputtmachen», sagte Bill.

Nick schwang seine Füße hinüber auf die Kaminseite.

«Hast du etwas zu lesen?» fragte er.

«Nur die Zeitung.»

«Was haben die Cards gemacht?»

«Gegen die Giants zwei Spiele verloren.»

«Damit haben sie's wohl geschafft.»

«Wie geschenkt», sagte Bill. «Solange McGraw jeden guten Ballspieler in der Liga kaufen kann, ist nichts zu machen.»

«Er kann doch nicht alle kaufen», sagte Nick.

«Er kauft alle, die er haben will», sagte Bill. «Oder er macht sie unzufrieden, so daß man sie auswechseln muß.»

«So wie Heinie Zim», pflichtete Nick bei.

«Der Dickschädel wird ihm allerhand nutzen.» Bill stand auf.

«Schlagen kann er», meinte Nick. Seine Beine brieten in der Hitze des Feuers.

«Er ist auch ein glänzender Fänger», sagte Bill. «Aber er verliert das Spiel.»

«Kann sein, daß McGraw ihn dazu braucht», meinte Nick.

«Kann schon sein», pflichtete Bill bei.

«Da steckt immer mehr dahinter, als man weiß», sagte Nick.

«Natürlich. Aber dafür, daß wir so weit vom Schuß sind, haben wir schon 'ne ganz gute Witterung.»

«Genauso, wie man viel besser die Sieger tippen kann, wenn man die Pferde nicht sieht.»

«Genauso.»

Bill langte die Whiskyflasche herunter. Seine große Hand umspannte sie. Er goß den Whisky in das Glas, das Nick ihm hinhielt.

«Wieviel Wasser?»

«Ebensoviel.»

Er setzte sich neben Nicks Stuhl auf den Boden.

«Fein, wenn die Herbststürme kommen, nicht?» sagte Nick.

«Fabelhaft.»

«Ist die beste Zeit im ganzen Jahr», sagte Nick.

«Teufel, wenn man jetzt in der Stadt sein müßte!» sagte Bill.

«Ich würde gern die Endspiele sehen», sagte Nick.

«Na, die sind jetzt immer in New York oder in Philadelphia», sagte Bill. «Das nutzt uns nichts.»

«Ich bin nur gespannt, ob die Cards je in ihrem Leben einen Pokal gewinnen werden.»

«Nicht zu unseren Lebzeiten», sagte Bill.

«Gott, die würden einfach überschnappen», sagte Nick.

«Erinnerst du dich noch, als sie plötzlich in Gang kamen, gerade bevor sie das Eisenbahnunglück hatten?»

«Junge!» sagte Nick erinnerungsschwer.

Bill langte hinüber zum Tisch unterm Fenster, wo das Buch aufgeklappt mit den Seiten nach unten lag, genauso, wie er es hingelegt hatte, als er zur Tür gegangen war. Er hielt sein Glas in der einen Hand und das Buch in der andern und lehnte sich gegen Nicks Stuhl.

«Was liest du?»

«*Richard Feverel.*»

«Ich konnte mich nicht reinlesen.»

«Es ist gut», sagte Bill, «kein schlechtes Buch, Wemedge.»

«Was hast du noch, was ich nicht kenne?»

«Hast du die *Forest Lovers* gelesen?»

«Ja, das ist doch das, wo sie jede Nacht mit dem blanken Schwert zwischen sich zu Bett gehen, nicht wahr?»

«Das ist 'n Buch, Wemedge.»

«Ist 'n fabelhaftes Buch! Nur, was ich niemals verstanden habe, wozu das Schwert eigentlich gut sein soll. Es mußte doch die ganze Zeit mit der Schneide nach oben stehen, denn wenn's flach liegt, kann man doch rüberrollen, und es würde nichts passieren.»

«Es ist ein Symbol», sagte Bill.

«Natürlich», sagte Nick. «Aber es ist praktisch nicht anwendbar.»

«Hast du mal *Fortitude* gelesen?»

«Das ist toll», sagte Nick. «Das ist ein richtiges Buch! Das ist das, wo sein Alter immer hinter ihm her ist. Hast du noch was von Walpole?»

«*The Dark Forest*», sagte Bill, «es handelt von Rußland.»

«Was weiß er denn von Rußland?» fragte Nick.

«Weiß ich nicht. Bei diesen Kerlen lernt man nie aus. Vielleicht war er als Junge da. Aber er weiß schon toll viel davon.»

«Ich würde ihn gern mal kennenlernen», sagte Nick.

«Ich möchte Chesterton kennenlernen», sagte Bill.

«Ich wünschte, er wäre jetzt hier», sagte Nick. «Wir könnten ihn morgen an den Voix zum Angeln mitnehmen.»

«Ob er wohl gern angeln gehen würde?» fragte Bill.

«Sicher», sagte Nick. «Er muß der feinste Kerl sein. Weißt du noch *Das fliegende Wirtshaus*:

>   Wenn ein Engel aus dem Himmel
>   Dir was anderes gibt als Wein,
>   Dank ihm für die gute Absicht,
>   Schütt es in den Ausguß rein.»

«Ja, richtig», sagte Nick. «Wahrscheinlich is er ein feinerer Kerl als Walpole.»

«Sicher ist er ein feinerer Kerl», sagte Bill. «Aber Walpole ist ein besserer Schriftsteller.»

«Weiß ich nicht», sagte Nick. «Chesterton ist ein Klassiker.»

«Walpole ist auch ein Klassiker», beharrte Bill.

«Ich wünschte, wir hätten sie beide hier», sagte Nick. «Wir könnten sie morgen beide an den Voix zum Angeln mitnehmen.»

«Komm, wir wollen uns betrinken», sagte Bill.

«Schön», stimmte Nick zu.

«Meinem Ollen ist es egal», sagte Bill.

«Bist du sicher?» sagte Nick.

«Ich weiß es», sagte Bill.

«Ich bin schon 'n bißchen betrunken», sagte Nick.

«Du bist nicht betrunken», sagte Bill.

Er stand vom Boden auf und langte nach der Whiskyflasche. Nick hielt ihm sein Glas hin. Er ließ die Augen nicht davon, während Bill einschenkte.

Bill goß das Glas halb voll Whisky.

«Wasser kannst du dir selber eingießen», sagte er. «Ist gerade noch ein Schuß darin.»

«Hast du noch mehr?» fragte Nick.

«Ist noch 'ne Menge da, aber Vater will nur, daß ich das trinke, was offen ist.»

«Natürlich», sagte Nick.

«Er sagt, das Flaschenaufmachen macht Menschen zu Säufern.»

«Das stimmt», sagte Nick. Es imponierte ihm. Daran hatte er nie vorher gedacht. Er hatte immer geglaubt, daß einsames Trinken einen zum Säufer machte.

«Wie geht's deinem Vater?» fragte er respektvoll.

«Gut», sagte Bill. «Manchmal fährt er ein bißchen aus der Haut.»

«Er ist ein fabelhafter Kerl», sagte Nick. Er goß Wasser aus dem Krug in sein Glas. Es vermischte sich langsam mit dem Whisky. Es war mehr Whisky als Wasser.

«Das will ich meinen», sagte Bill.

«Mein Oller ist auch richtig», sagte Nick.

«Verdammt noch mal und ob!» sagte Bill.

«Er behauptet, daß er nie in seinem Leben einen Tropfen Alkohol getrunken hat», sagte Nick so, als ob er eine wissenschaftliche Tatsache verkündete.

«Na, er ist eben ein Arzt. Mein Oller ist Maler. Das ist etwas anderes.»

«Es ist ihm viel entgangen», sagte Nick traurig.

«Kann man so nicht sagen», sagte Bill. «Es gibt für alles einen Ausgleich.»

«Er sagt selbst, daß ihm viel entgangen ist», gab Nick zu.

«Na, Vater hat 'ne tolle Zeit hinter sich», sagte Bill.

«Es gleicht sich alles aus», sagte Nick.

Sie saßen da, sahen ins Feuer und dachten über diese tiefe Wahrheit nach.

«Ich werde ein Scheit Holz von der Hintertür holen», sagte Nick. Während er ins Feuer blickte, hatte er bemerkt, daß es am Herunterbrennen war. Außerdem wollte er zeigen, daß er Alkohol vertragen und praktisch sein konnte. Selbst wenn sein Vater niemals einen Tropfen angerührt hatte, sollte Bill ihn nicht betrunken sehen, bevor er selbst betrunken war.

«Bring eines von den großen Buchenscheiten», sagte Bill. Auch er war bewußt praktisch.

Nick kam mit dem Kloben durch die Küche und stieß im Vorbeigehen einen Topf vom Küchentisch. Er legte den Kloben hin und hob den Topf auf. Es waren getrocknete Aprikosen zum Weichen darin gewesen. Er las sorgfältig die Aprikosen vom Boden auf – einige waren unter den Herd gefallen – und tat sie wieder in den Topf. Er goß etwas frisches Wasser aus dem Eimer neben dem Tisch über sie. Er war ganz stolz auf sich. Er war richtig praktisch gewesen.

Er kam mit dem Kloben ins Zimmer, und Bill stand aus seinem Stuhl auf und half ihm, ihn ins Feuer zu legen.

«Das ist 'n fabelhafter Kloben», sagte Nick.

«Den hab ich extra fürs schlechte Wetter aufgehoben», sagte Bill. «So ein Kloben brennt die ganze Nacht durch.»

«Die Kloben werden noch glühen, um morgen früh das Feuer anzufachen», sagte Nick.

«Sicher», pflichtete Bill bei. Sie führten die Unterhaltung auf hohem Niveau.

«Komm, laß uns noch einen trinken», sagte Nick.

«Ich glaube, im Schrank ist noch 'ne offene Flasche», sagte Bill.

Er kniete in der Ecke vor dem Schrank und holte eine vierkantige Flasche raus. «Das ist schottischer», sagte er.

«Ich hol noch Wasser», sagte Nick. Er ging wieder hinaus in die Küche. Er füllte den Krug mit dem Schöpflöffel mit kaltem Quellwasser aus dem Eimer. Auf seinem Weg ins Wohnzimmer kam er an einem Spiegel im Eßzimmer vorbei und sah hinein. Sein Gesicht sah fremd aus. Er lächelte dem Gesicht im Spiegel zu, und es grinste zurück. Er blinzelte ihm zu und ging weiter. Es war nicht sein Gesicht, aber das war ihm egal.

Bill hatte den Whisky eingeschenkt.

«Das ist aber ein Riesenschuß», sagte Nick.

«Nicht für uns, Wemedge», sagte Bill.

«Worauf wollen wir trinken?» fragte Nick und hielt sein Glas hoch.

«Wir wollen aufs Angeln trinken», sagte Bill.

«Schön», sagte Nick. «Meine Herren, es lebe das Angeln.»

«Alles Angeln», sagte Bill. «Auf der ganzen Welt.»

«Angeln», sagte Nick. «Wir trinken aufs Angeln.»

«Es ist schöner als Baseball», sagte Bill.

«Gar kein Vergleich», sagte Nick. «Wie

sind wir denn überhaupt bloß auf Baseball gekommen?»

«War 'n Fehler», sagte Bill. «Baseball ist 'n Spiel für Rohlinge.»

Sie tranken ihre Gläser bis auf den Grund aus.

«Jetzt wollen wir auf Chesterton trinken.»

«Und Walpole», warf Nick ein.

Nick goß den Alkohol ein. Bill goß das Wasser dazu.

Sie sahen einander an. Sie fühlten sich fabelhaft.

«Meine Herren», sagte Bill. «Ich trinke auf Chesterton und Walpole.»

«Prosit, meine Herren», sagte Nick.

Sie tranken. Bill füllte die Gläser auf. Sie setzten sich in die großen Sessel vor dem Feuer.

«Das war sehr klug von dir, Wemedge», sagte Bill.

«Was meinst du denn?» fragte Nick.

«Mit der Marge-Angelegenheit Schluß zu machen», sagte Bill.

«Wahrscheinlich», sagte Nick.

«Es war das einzig Wahre. Wenn du's nicht getan hättest, wärst du sicher jetzt wieder zu Hause bei der Arbeit, um zu versuchen, genug Geld zu verdienen, um zu heiraten.»

Nick sagte nichts.

«Wenn ein Mann erst mal verheiratet ist, dann ist er absolut verschlampt», fuhr Bill fort. «Dann gibt's nichts mehr für ihn. Nichts. Auch nicht das Geringste. Der ist erledigt. Du hast ja die Kerls gesehen, die sich verheiratet haben.»

Nick sagte nichts.

«Man sieht's ihnen sofort an», sagte Bill. «Sie kriegen so 'n satten, verheirateten Ausdruck. Die sind erledigt.»

«Stimmt», sagte Nick.

«Wahrscheinlich war's gräßlich, Schluß zu machen, aber man verliebt sich immer in wen anders, und dann ist alles in Ordnung. Verlieb dich in sie, aber laß dich nicht von ihnen ruinieren.»

«Ja», sagte Nick.

«Wenn du sie geheiratet hättest, hättest du ihre ganze Familie mitgeheiratet. Denk nur mal an ihre Mutter und den Kerl, den sie geheiratet hat.»

Nick nickte.

«Stell dir vor, die den ganzen Tag im Haus zu haben, und Sonntag mittag zu ihnen zum Essen zu gehen, oder sie kommen zu euch zum Essen, und wenn sie dann Marge die ganze Zeit über sagt, was sie tun und lassen soll!»

Nick saß schweigend da.

«Du bist noch verdammt gut da rausgekommen», sagte Bill. «Jetzt kann sie einen aus ihrem Kreis heiraten, sich häuslich niederlassen und glücklich werden. Man kann nicht Öl und Wasser vermischen; und man kann das ebensowenig vermischen wie zum Beispiel mich und Ida, die, die für Strattons arbeitet. Sie würde es vielleicht auch gern wollen.»

Nick sagte nichts. Der Alkohol hatte seine Wirkung völlig verloren und ließ ihn mit sich allein. Bill war nicht da. Er saß nicht vor dem Feuer; er würde auch nicht mit Bill und seinem Vater morgen angeln gehen oder sonst was. Er war nicht betrunken. Es war alles weg. Alles, was er wußte, war, daß ihm Marjorie einmal gehört und daß er sie verloren hatte. Sie war fort, und er hatte sie weggeschickt. Das allein war wichtig. Vielleicht sah er sie niemals wieder. Wahrscheinlich sogar. Es war alles vorbei, zu Ende.

«Laß uns noch einen trinken», sagte Nick.

Bill schenkte ein. Nick panschte ein bißchen Wasser hinzu.

«Wenn das mit dir so weitergegangen wäre, würden wir jetzt nicht hier sitzen», sagte Bill.

Das stimmte. Sein Plan war ursprünglich gewesen, nach Hause zu fahren und sich Arbeit zu suchen. Dann hatte er geplant, den ganzen Winter über in Charlevoix zu bleiben, um in der Nähe von Marge zu sein. Jetzt wußte er nicht, was er tun würde.

«Wahrscheinlich würden wir sogar morgen nicht zum Angeln gehen», sagte Bill. «Du hattest schon die richtige Witterung.»

«Ich konnte nichts dazu», sagte Nick.

«Ich weiß, es kommt dann eben so», sagte Bill.

«Ganz plötzlich war alles aus», sagte Nick. «Ich weiß gar nicht, wieso. Ich konnte nichts dafür. Genauso, wie wenn jetzt so ein Drei-Tage-Sturm kommt und die Blätter von den Bäumen reißt.»

«Es ist vorbei. Das ist die Hauptsache.»

«Es war meine Schuld», sagte Nick.

«Das ist ganz egal, wer schuld hat», sagte Bill.

«Ja, wahrscheinlich», sagte Nick.

Wichtig war nur, daß Marjorie fort war und daß er sie wahrscheinlich niemals wiedersehen würde. Er hatte mit ihr davon gesprochen, daß sie zusammen nach Italien reisen würden, und wie sie sich amüsieren wollten. Orte, in denen sie zusammen sein würden. Es war alles aus jetzt. Irgend etwas in ihm war nicht mehr da.

«Solange es nur vorbei ist, das ist die Hauptsache», sagte Bill. «Ich kann dir sagen, Wemedge, ich habe mir die ganze Zeit darüber Sorgen gemacht. Du hast ganz recht gehabt. Kann mir schon vorstellen, daß ihre Mutter 'ne Stinkwut auf dich hat. Sie hat 'ner Menge Leute erzählt, daß ihr verlobt seid.»

«Wir waren nicht verlobt», sagte Nick.

«Es war überall rum, daß ihr's wärt.»

«Dafür kann ich nichts», sagte Nick. «Wir waren's nicht.»

«Wolltet ihr denn nicht heiraten?» fragte Bill.

«Ja, aber wir waren nicht verlobt», sagte Nick.

«Was ist denn der Unterschied?» fragte Bill kritisch.

«Ich weiß nicht, aber es ist ein Unterschied.»

«Ich sehe ihn nicht», sagte Bill.

«Schön», sagte Nick. «Wir wollen uns betrinken.»

«Schön», sagte Bill, «wir wollen uns richtig betrinken.»

«Wir wollen uns betrinken und dann schwimmen gehen», sagte Nick.

Er trank sein Glas auf einen Zug leer.

«Tut mir wahnsinnig leid um sie, aber was konnte ich machen?» sagte er. «Du weißt doch, wie ihre Mutter war.»

«Sie war grauenhaft», sagte Bill.

«Ganz plötzlich war's aus», sagte Nick. «Ich sollte nicht darüber sprechen.»

«Tust du doch gar nicht», sagte Bill. «Ich hab davon gesprochen, und jetzt hab ich's hinter mir. Wir wollen nie wieder davon reden. Du solltest gar nicht daran denken. Es könnte sonst wieder losgehen.»

Daran hatte Nick nicht gedacht. Es schien

so endgültig zu sein. Das war ein Gedanke. Er fühlte sich wohler.

«Ja», sagte er, «die Gefahr besteht immer.»

Er war glücklich jetzt. Es gab nichts, was unwiderruflich war. Er konnte Sonnabend abend in die Stadt gehen. Heute war Donnerstag.

«Es besteht immer 'ne Möglichkeit», sagte er.

«Du mußt dich eben in acht nehmen», sagte Bill.

«Ich werde mich in acht nehmen», sagte er.

Er war glücklich. Nichts war zu Ende. Nichts war je verloren. Er würde Sonnabend in die Stadt gehen. Er fühlte sich jetzt leichter, als er sich gefühlt hatte, ehe Bill davon zu reden anfing. Es gab immer einen Ausweg.

«Wir wollen die Flinten nehmen und zur Landspitze runtergehen und uns nach deinem Vater umsehen», sagte Nick.

«Schön.»

Bill nahm die beiden Flinten vom Gestell an der Wand. Er öffnete eine Patronenschachtel. Nick zog seinen Mackinaw-Mantel und seine Schuhe an. Seine Schuhe waren beim Trocknen steif geworden. Er war noch ganz betrunken, aber sein Kopf war klar.

«Wie fühlst du dich?» fragte Nick.

«Famos», sagte Bill. «Ich hab eben so 'nen Kleinen sitzen.» Bill knöpfte seinen Sweater zu.

«Hat keinen Sinn, sich zu betrinken.»

«Nein, wir wollen ins Freie gehen.»

Sie gingen zur Tür hinaus. Es blies eine steife Brise.

«Bei dem Sturm halten sich die Vögel alle im Gras», sagte Nick.

Sie schlugen die Richtung auf den Obstgarten ein.

«Heute früh hab ich 'nen Auerhahn gesehen», sagte Bill.

«Vielleicht erwischen wir ihn», sagte Nick.

«Bei dem Wind kann man nicht schießen», sagte Bill.

Jetzt, draußen, war die Marge-Angelegenheit nicht mehr so tragisch. Es war nicht einmal sehr wichtig. All so was blies der Wind weg.

«Der kommt direkt vom großen See her», sagte Nick.

Gegen den Wind hörten sie den dumpfen Ton einer Flinte.

«Das ist Vater», sagte Bill. «Er ist unten im Sumpf.»

«Hier können wir abschneiden», sagte Nick.

«Laß uns lieber an der unteren Wiese abschneiden und sehen, ob wir nicht was erwischen», sagte Bill.

«Schön», sagte Nick.

Nichts von dem war jetzt wichtig. Der Wind blies es ihm aus dem Kopf. Immerhin konnte er Sonnabend abend in die Stadt gehen. Es war gut, dies in Reserve zu haben.

Zehn Indianer

Nach einem 4. Juli kam Nick, als er spät abends mit Joe Garner und dessen Familie in dem großen Wagen aus der Stadt nach Hause fuhr, auf der Landstraße an neun betrunkenen Indianern vorbei. Er erinnerte sich, daß es neun gewesen waren, weil Joe Garner, der in der Dämmerung den Wagen lenkte, die Pferde zum Stehen brachte, auf die Straße hinuntersprang und einen Indianer aus der Räderspur zerrte. Der Indianer hatte mit dem Gesicht im Sand gelegen und geschlafen. Joe schleifte ihn ins Gebüsch und stieg wieder auf den Bock. «Das ist jetzt der neunte allein vom Stadtrand bis hierher», sagte Joe.

«Nein, diese Indianer», sagte Mrs. Garner.

Nick saß mit den beiden Garner-Jungens auf dem Rücksitz. Er versuchte, vom Rücksitz aus den Indianer zu erspähen, da, wo ihn Joe längs der Straße hingeschleift hatte.

«War es Billy Tabeshaw?» fragte Carl.

«Nein.»

«Die Hose sah mächtig nach Billy aus.»

«Alle Indianer tragen die gleiche Art Hosen.»

«Ich hab ihn überhaupt nicht gesehen», sagte Frank. «Pa war unten auf der Straße und schon wieder oben, bevor ich irgendwas gesehen hatte. Ich dachte, daß er eine Schlange tötet.»

«Na, wahrscheinlich werden viele Indianer heute nacht Schlangen töten», sagte Joe Garner.

«Nein, diese Indianer», sagte Mrs. Garner.

Sie fuhren weiter. Der Weg bog von der großen Landstraße ab und führte hinauf in die Hügel. Die Pferde hatten schwer zu ziehen, und die Jungens stiegen aus und gingen zu Fuß. Die Straße war sandig. Nick blickte von der Kuppe des Hügels neben der Schule zurück. Er sah die Lichter von Petoskey und jenseits der Little Traverse Bay die Lichter von Harbor Springs. Sie kletterten wieder in den Wagen.

«Die sollten auf dieser Strecke eigentlich Kies streuen», sagte Joe Garner. Der Wagen fuhr die Straße entlang durch den Wald. Joe und Mrs. Garner saßen dicht beieinander auf dem Vordersitz. Nick saß zwischen den beiden Jungens. Die Straße führte auf eine Lichtung.

«Hier hat Pa den Skunk überfahren.»

«Es war weiter unten.»

«Das ist doch wirklich egal, wo es war», sagte Joe, ohne den Kopf zu wenden. «Um einen Skunk zu überfahren, ist ein Ort so gut wie der andere.»

«Gestern abend habe ich zwei Skunks gesehen», sagte Nick.

«Wo?»

«Unten am See. Sie suchten am Strand nach toten Fischen.»

«Wahrscheinlich waren es Waschbären», sagte Carl.

«Es waren Skunks. Ich glaube, ich weiß, was 'n Skunk ist.»

«Solltest du eigentlich», sagte Carl, «du hast ja ein indianisches Mädchen.»

«Hör schon auf damit, Carl», sagte Mrs. Garner.

«Die riechen nämlich ungefähr ebenso.»

Joe Garner lachte.

«Du, hör auf zu lachen, Joe», sagte Mrs. Garner. «Ich erlaube nicht, daß Carl so spricht.»

«Hast du 'n indianisches Mädchen, Nikkie?» fragte Joe.

«Nein.»

«Er hat aber, Pa», sagte Frank. «Prudence Mitchell ist sein Mädchen.»

«Das ist sie nicht.»

«Er besucht sie jeden Tag.»

«Tu ich nicht.» Nick, der in der Dunkelheit zwischen den beiden Jungens saß, fühlte sich in seinem Innern leer und glücklich, weil man ihn wegen Prudence Mitchell aufzog. «Sie ist nicht mein Mädchen», sagte er.

«Hör ihn dir an», sagte Carl. «Ich sehe sie jeden Tag zusammen.»

«Carl kann kein Mädchen kriegen», sagte seine Mutter. «Nicht mal eine Squaw.»

Carl schwieg.

«Carl versteht's nicht mit Mädchen», sagte Frank.

«Du, halt den Mund.»

«Du bist goldrichtig, Carl», sagte Joe Garner. «Mädchen haben noch keinem Mann Glück gebracht. Sieh dir deinen Pa an.»

«Das sieht dir ähnlich, so zu reden.» Mrs. Garner rückte näher an Joe heran, als der Wagen stieß. «Na, du hast doch, als du jung warst, genug Mädchen gehabt.»

«Na, ich wette, daß Pa niemals eine Squaw zum Schatz gehabt hat.»

«Das glaub du nicht», sagte Joe. «Nick, gib nur acht, daß du Prudie behältst.»

Seine Frau flüsterte ihm etwas zu, und Joe lachte.

«Worüber lachst du denn?» fragte Frank.

«Daß du es nicht sagst, Garner», warnte ihn seine Frau.

Joe lachte von neuem.

«Nickie kann Prudence behalten», sagte Joe Garner. «Ich hab ein nettes Mädchen.»

«Schöne Art zu reden», sagte Mrs. Garner.

Die Pferde zogen schwer in dem Sand. Joe schwang in der Dunkelheit die Peitsche.

«Los doch, legt euch mal rein. Morgen müßt ihr noch schwerer ziehen.»

Sie trotteten den langen Hügel hinunter; der Wagen stieß. Vor dem Farmhaus stiegen alle aus. Mrs. Garner schloß die Tür auf, ging hinein und kam mit einer Lampe in der Hand wieder. Carl und Nick luden die Sachen hinten vom Wagen ab. Frank saß auf dem Vordersitz, um zur Scheune zu fahren und die Pferde einzustellen. Nick ging die Stufen hinauf und öffnete die Küchentür. Mrs. Garner war gerade dabei, Feuer im Herd zu machen. Sie goß Petroleum auf das Holz und wandte sich um.

«Auf Wiedersehen, Mrs. Garner», sagte Nick. «Und noch schönen Dank fürs Mitnehmen!»

«Red keinen Unsinn, Nickie.»

«Ich hab mich herrlich amüsiert.»

«Wir freuen uns, wenn du kommst. Willst du nicht bleiben und Abendbrot mitessen?»

«Ich geh lieber. Wahrscheinlich ist Vater meinetwegen aufgeblieben.»

«Na, dann lauf nur! Schick Carl ins Haus, ja?»

«Schön.»

«Gute Nacht, Nickie.»

«Gute Nacht, Mrs. Garner.»

Nick ging aus dem Hof und hinunter zur Scheune. Joe und Carl waren beim Melken.

«Gute Nacht», sagte Nick. «Es war wunderbar.»

«Gute Nacht, Nick», rief Joe Garner. «Bleibst du denn nicht und ißt mit uns?»

«Nein, ich kann nicht. Wollen Sie Carl sagen, daß er zu seiner Mutter kommen soll?»

«Schön. Gute Nacht, Nickie.»

Nick ging barfuß den Weg entlang über die Wiese unterhalb der Scheune. Der Weg war glatt, und der Tau war kühl an seinen nackten Füßen. Er kletterte über einen Zaun am Ende der Wiese, stieg durch eine Schlucht hinab, und seine Füße wurden naß in dem schlammigen Morast, und dann kletterte er durch den trockenen Buchenwald hinauf, bis er die Lichter der Hütte erblickte. Er kletterte über den Zaun und ging herum bis zur vorderen Veranda. Durch das Fenster sah er seinen Vater beim Licht der großen Lampe lesen. Nick öffnete die Tür und ging hinein.

«Nun, Nickie», sagte sein Vater. «War es schön?»

«Fabelhaft, Daddy. Es war ein fabelhafter 4. Juli.»

«Hast du Hunger?»

«Na und ob.»

«Was hast du denn mit deinen Schuhen gemacht?»

«Ich hab sie bei Garners im Wagen gelassen.»

«Komm raus in die Küche.»

Nicks Vater ging mit der Lampe voran. Er blieb stehen und hob den Deckel vom Eisschrank. Nick ging weiter in die Küche. Sein Vater brachte ein Stück kaltes Huhn auf einem Teller herein und einen Krug mit Milch und stellte beides vor Nick auf den Tisch. Er setzte die Lampe hin.

«Es gibt auch noch Pudding», sagte er. «Wirst du damit genug haben?»

«Ja, großartig.»

Sein Vater setzte sich auf einen Stuhl neben den mit Wachstuch bedeckten Tisch. Er warf einen großen Schatten auf die Küchenwand.

«Wer hat beim Football gewonnen?»

«Petoskey. Fünf zu drei.»

Sein Vater saß da und sah ihm beim Essen zu und füllte sein Glas aus dem Milchkrug. Nick trank und wischte sich den Mund an der Serviette ab. Sein Vater langte auf das Bord hinüber nach dem Pudding. Er schnitt Nick ein großes Stück davon ab. Es war Heidelbeerpudding.

«Was hast du gemacht, Dad?»

«Morgens bin ich angeln gegangen.»

«Was hast du gefangen?»

«Nur Barsche.»

Sein Vater saß und beobachtete, wie Nick seinen Pudding aß.

«Was hast du denn heute nachmittag gemacht?» fragte Nick.

«Ich bin beim Indianerlager spazierengegangen.»

«Hast du wen gesehen?»

«Die Indianer waren alle in der Stadt, um sich zu betrinken.»

«Hast du überhaupt niemand gesehen?»

«Ich habe deine Freundin Prudie gesehen.»

«Wo war sie?»

«Sie war mit Frank Washburn zusammen im Wald. Ich stieß auf sie; sie amüsierten sich nicht schlecht.»

Sein Vater sah ihn nicht an.

«Was machten sie?»

«Ich bin nicht stehengeblieben, um das festzustellen.»

«Sag mir, was sie machten.»

«Ich weiß nicht», sagte sein Vater. «Ich habe nur gehört, wie sie sich rumwälzten.»

«Woher weißt du, daß sie's waren?»
«Ich sah sie.»
«Ich dachte, du hast gesagt, daß du sie nicht gesehen hast.»
«O doch, ich habe sie gesehen.»
«Mit wem war sie?» fragte Nick.
«Frank Washburn.»
«Waren sie – waren sie –?»
«Waren sie was?»
«Waren sie glücklich?»
«Ich glaub schon.»

Sein Vater stand vom Tisch auf und ging durch die Fliegentür aus der Küche. Als er zurückkam, sah Nick auf seinen Teller. Er hatte geweint.

«Willst du noch was?» Sein Vater nahm das Messer in die Hand, um ein Stück Pudding abzuschneiden.

«Nein», sagte Nick.
«Iß doch noch ein Stück.»
«Nein, ich mag nicht mehr.»

Sein Vater räumte den Tisch ab.

«Wo waren sie im Wald?» fragte Nick.
«Oben, hinter dem Lager.» Nick sah auf seinen Teller. Sein Vater sagte: «Geh mal jetzt schlafen, Nick.»

«Schön.»

Nick ging in sein Zimmer hinauf, zog sich aus und legte sich zu Bett. Er hörte seinen Vater im Wohnzimmer herumwirtschaften. Nick lag im Bett mit dem Gesicht im Kopfkissen.

Mein Herz ist gebrochen, dachte er. Wenn ich mich so fühle, ist mein Herz sicher gebrochen.

Nach einer Weile hörte er, wie sein Vater die Lampe ausblies und in sein Zimmer ging. Er hörte, wie sich draußen in den Bäumen ein Wind erhob, und fühlte ihn kühl durch das Fliegenfenster hereinkommen. Er lag eine lange Zeit so, mit dem Gesicht in dem Kissen, und nach einer Weile vergaß er, an Prudence zu denken, und am Ende schlief er ein. Als er nachts aufwachte, hörte er draußen den Wind in den Schierlingstannen vor der Hütte und die Wellen, die sich am Ufer des Sees brachen, und er schlief wieder ein. Am Morgen blies ein starker Sturm, und die Wellen liefen hoch den Strand hinauf, und er war eine ganze Zeit lang wach, bevor ihm einfiel, daß sein Herz gebrochen war.

Großer doppelherziger Strom

I

Der Zug fuhr weiter, das Gleis entlang, außer Sicht, um einen von den Hügeln mit niedergebranntem Baumbestand. Nick setzte sich auf den Packen Zeltbahn und Bettzeug, den der Packmeister aus der Tür des Gepäckwagens herausgeworfen hatte. Es war keine Stadt da, nichts als die Schienen und das verbrannte Land. Die dreizehn Kneipen, die früher die einzige Straße Seneys säumten, hatten keine Spur hinterlassen. Die Grundmauern des Hotels *Mansion House* ragten aus dem Boden hervor. Das war alles, was von der Stadt Seney übrig war. Selbst die Oberfläche des Bodens war weggebrannt.

Nick blickte den verbrannten Teil des Berghangs hinauf, wo er erwartet hatte, die verstreut liegenden Häuser der Stadt zu finden, und ging dann die Bahngleise entlang zu der Brücke, die über den Fluß führte. Der

Fluß war da. Er wirbelte gegen die Holzpfeiler der Brücke. Nick sah hinunter in das klare, durch den kieselsteinernen Grund braunfarbige Wasser und beobachtete die Forellen, die sich mit fächelnden Flossen stetig in der Strömung hielten. Während er sie beobachtete, änderten sie durch schnelle Wendungen ihre Stellung, nur um sich von neuem in dem reißenden Wasser an ihrem Platz zu halten. Nick beobachtete sie lange Zeit.

Er beobachtete, wie sie sich hielten, mit den Mäulern gegen die Strömung, viele Forellen im tiefen, schnellströmenden Wasser, leicht verzerrt, da er sie tief unten durch die gläserne konvexe Oberfläche der Vertiefung beobachtete, deren Oberfläche sanft fließend gegen den Widerstand der eingerammten Holzpfeiler der Brücke drängte und anstieg. Auf dem Grund der Vertiefung waren die großen Forellen. Nick sah sie zuerst nicht; dann erblickte er sie auf dem Grund der Vertiefung, große Forellen, die sich auf dem kiesigen Grund in einem wechselnden Schleier von Kies und Sand, der durch die Strömung emporgewirbelt wurde, zu halten suchten.

Nick sah von der Brücke hinunter in die Vertiefung. Es war ein heißer Tag. Ein Eisvogel flog stromaufwärts. Es war lange her, seit Nick in einen Strom geblickt und Forellen gesehen hatte. Sie waren ganz, wie sie sein sollten. Als der Schatten des Eisvogels sich den Strom hinaufbewegte, schoß eine große Forelle in einem weiten Winkel stromaufwärts; nur ihr Schatten gab den Winkel an, dann verlor sie ihren Schatten, als sie durch die Oberfläche des Wassers brach, funkelte in der Sonne, und dann, als sie wieder in den Strom unter die Oberfläche tauchte, schien ihr Schatten mit der Strömung den Fluß hinunterzuschwimmen, widerstandslos dem Platz unter der Brücke zu, wo sie sich steifte und gegen die Strömung stellte.

Nicks Herz zog sich zusammen, als die Forelle sich bewegte. Er fühlte all die alten Gefühle.

Er wandte sich um und sah den Strom hinab. Er dehnte sich in die Ferne, kieselsteingründig mit Sandbänken, großen Felsblöcken und einer starken Vertiefung dort, wo er um den Fuß einer Klippe wegbog.

Nick ging zurück, auf den Schwellen entlang dorthin, wo seine Sachen in den Schlakken neben den Bahngleisen lagen. Er war glücklich. Er richtete die Traggurte an seinem Packen, zog die Riemen fest, schwang den Packen auf den Rücken, zwängte die Arme durch die Schulterriemen und verringerte den Druck auf den Schultern, indem er seine Stirn gegen das breite Band des Kopfriemens stemmte. Dennoch war es zu schwer. Es war viel zu schwer. Er hatte sein ledernes Angelfutteral in der Hand, lehnte sich vornüber, um das Gewicht des Packens hoch auf den Schultern zu halten, und ging den Weg entlang, der dem Schienenstrang parallel lief, ließ die verbrannte Stadt hinter sich in der Hitze und bog dann ab um einen Hügel – zu beiden Seiten je einen hohen, brandnarbigen Hügel – auf einen Weg, der ins offene Land zurückführte. Er ging den Weg entlang, und das Zerren des schweren Packens tat ihm weh. Der Weg stieg ständig. Es war mühsam, bergan zu gehen. Seine Muskeln schmerzten, und der Tag war heiß, aber Nick fühlte sich glücklich. Er fühlte, er hatte alles hinter sich gelassen, das Denken-Müssen, das Schreiben-Müssen und noch manches andere Muß. Es lag alles hinter ihm.

Von dem Augenblick an, als er vom Zug abgesprungen war und der Packmeister seine Sachen aus der offenen Wagentür herausgeworfen hatte, war alles anders gewesen. Seney war niedergebrannt; das Land war verbrannt und verändert, aber das machte nichts. Es konnte nicht alles verbrannt sein. Er wußte das. Er stapfte den Weg entlang, schwitzte in der Sonne und stieg aufwärts, um die Hügelkette zu überschreiten, die die Eisenbahn von den Kiefernebenen trennte.

Der Weg senkte sich dann und wann, führte aber immer bergan. Nick stieg weiter. Schließlich erreichte der Weg, nachdem er der verbrannten Bergseite parallel gelaufen war, die Höhe. Nick lehnte sich gegen einen Baumstumpf und schlüpfte aus den Traggurten seines Packens. Vor ihm lag die Kiefernebene, so weit er sehen konnte. Das verbrannte Land hörte links mit der Hügelkette auf. Vor ihm erhoben sich Inseln von dunklen Kiefern aus der Ebene. Weit entfernt, zur Linken, war die Flußlinie. Nick folgte ihr mit den Augen und sah das Wasser in der Sonne glitzern.

Vor ihm war nichts als die Kiefernebene bis zu den fernen blauen Hügeln, die die Hochebene des Lake Superior andeuteten. Er konnte sie kaum sehen, schwach und weit entfernt im Hitzeflimmern über der Ebene. Wenn er sie zu stark fixierte, waren sie weg. Wenn er aber nur hinblinzelte, waren sie da, die weit entfernten Hügel der Hochebene.

Nick setzte sich gegen den verkohlten Baumstumpf und rauchte eine Zigarette. Sein Packen balancierte auf der Fläche des Baumstumpfs mit fertig gerichteten Traggurten und einer von seinem Rücken eingedrückten Vertiefung. Nick saß da, rauchte und sah über das Land hin. Er brauchte die Karte nicht herauszunehmen. Er wußte, der Lage des Flusses nach, wo er war.

Während er rauchte – die Beine von sich gestreckt –, bemerkte er einen Grashüpfer, der auf dem Boden entlang- und dann seine wollene Socke hinaufkroch. Der Grashüpfer war schwarz. Während des Aufstiegs hatte Nick viele Grashüpfer aus dem Staub aufgejagt. Sie waren alle schwarz. Dies waren nicht jene großen Grashüpfer, die beim Auffliegen mit gelben und schwarzen oder roten und schwarzen Flügeln aus ihren schwarzen Flügeldecken emporschwirren. Es waren ganz gewöhnliche Grashüpfer, aber alle von rußschwarzer Farbe. Nick waren sie schon beim Gehen aufgefallen, ohne daß er wirklich über sie nachgedacht hatte. Als er jetzt den schwarzen Grashüpfer beobachtete, der mit vierlappiger Lippe an der Wolle seiner Socken nagte, wurde ihm klar, daß sie alle schwarz geworden waren, weil sie in dem verbrannten Land lebten. Ihm war klar, daß der Brand im vergangenen Jahr gewesen sein mußte, aber die Grashüpfer waren alle jetzt schwarz. Wie lange sie wohl so bleiben würden?

Vorsichtig langte er mit der Hand hinab und ergriff den Grashüpfer bei den Flügeln. Er drehte ihn um – alle seine Beine strampelten in der Luft – und besah sich seinen gegliederten Leib. Ja, auch der war schwarz und schillerte da, wo Rücken und Kopf staubig waren.

«Mach weiter, Grashüpfer», sagte Nick und sprach zum erstenmal. «Flieg irgendwohin.»

Er schnellte den Grashüpfer in die Luft und

beobachtete, wie er über den Weg zu einem verkohlten Baum hinübersegelte.

Nick stand auf. Er lehnte den Rücken gegen das Gewicht seines Packens da, wo er senkrecht auf dem Stumpf auflag, und zwängte die Arme durch die Tragriemen. Er stand mit dem Packen auf dem Rücken auf der Kuppe des Hügels und sah über das Land hinweg, in der Richtung des fernen Stromes, und dann stieg er abseits vom Weg die Böschung hinunter. Der Boden unter seinen Füßen war angenehm zum Gehen. Zweihundert Meter den Hang hinab hörte das Brandgebiet auf. Von da an ging es durch knöchelhoch wachsende Farne und Gruppen von Strauchkiefern; langweiliges Land mit vielen Anhöhen und Hängen, sandigem Boden und wieder lebendigem Land.

Nick hielt seine Richtung nach der Sonne. Er wußte, wo er auf den Fluß stoßen wollte, und er ging weiter durch die Kiefernebene, stieg kleine Anhöhen hinauf, sah neue Anhöhen vor sich und manchmal von der Kuppe einer solchen Anhöhe eine große, dichte Kieferninsel zur Rechten oder zur Linken. Er brach ein paar Büschel von dem heideartigen

Farn ab und steckte sie unter die Tragriemen. Das Scheuern zerrieb es, und er roch es im Gehen.

Er war müde und ihm war sehr heiß, als er durch die holprige, schattenlose Kiefernebene wanderte. Er wußte, daß er jederzeit, wenn er links abbog, auf den Fluß stoßen konnte. Er war höchstens eine Meile entfernt. Aber er hielt weiter nach Norden zu, um so weit aufwärts, wie er in einem Tagesmarsch kommen konnte, auf den Fluß zu stoßen.

Schon geraume Zeit hatte Nick beim Gehen eine der großen Kieferninseln vor sich gehabt, die sich über der welligen Hochebene, die er durchschritt, erhob. Er tauchte hinab, und dann, als er langsam zum Kammgrat heraufkam, bog er ab und hielt auf die Kiefern zu.

Es gab kein Unterholz in der Insel von Kiefernbäumen. Die Stämme der Bäume ragten gerade in die Höhe oder neigten sich gegeneinander. Die Stämme waren gerade und braun, ohne Äste. Die Äste saßen hoch oben. Manche griffen ineinander und warfen einen dichten Schatten auf dem braunen Waldboden. Um das Wäldchen war eine kahle Fläche. Der Boden unter Nicks Füßen war weich und braun. Der Kiefernnadelboden griff hier über und breitete sich jenseits der Reichweite der hohen Äste aus. Die Bäume waren in die Höhe gewachsen, und die Äste saßen hoch oben und ließen den kahlen Bereich, den sie einst beschattet hatten, in der Sonne. Hart am Rand dieser Ausdehnung des Waldbodens begann das Farnkraut.

Nick ließ seinen Packen hinuntergleiten und legte sich in den Schatten. Er lag auf dem Rücken und sah hinauf in die Kiefernbäume. Sein Hals, sein Rücken und sein Kreuz ruhten aus, als er sich streckte. Wohltuend fühlte er die Erde gegen seinen Rücken. Er sah durch die Äste hinauf zum Himmel und schloß dann die Augen. Er öffnete sie und sah von neuem hinauf. Hoch oben in den Ästen ging ein Wind. Er schloß die Augen wieder und schlief ein.

Nick wachte steif und verkrampft auf. Die Sonne war beinahe untergegangen. Sein Packen war schwer, und die Riemen schmerzten, als er ihn auf den Rücken hob. Er lehnte sich mit dem Packen vornüber und nahm das lederne Angelfutteral auf und begann seinen Marsch von den Fichtenbäumen über die Farnkrautlichtung dem Fluß zu. Er wußte, es konnte nicht mehr als eine Meile sein.

Er kam eine mit Baumstümpfen bedeckte Böschung hinunter auf eine Wiese. Am Rand der Wiese strömte der Fluß. Nick war froh, an den Fluß zu kommen. Er ging durch die Wiese stromaufwärts. Seine Hose wurde vom Tau durchnäßt, als er ging. Nach dem heißen Tag war der Tau früh und schwer gefallen. Der Fluß machte kein Geräusch. Er strömte zu schnell und glatt dahin. Bevor Nick zu einem hochgelegenen Platz hinaufstieg, um sein Lager aufzuschlagen, sah er vom Rand der Wiese den Fluß entlang auf die steigenden Forellen. Sie kamen an die Oberfläche nach den Insekten, die aus dem Sumpf am anderen Ufer des Stromes kamen, als die Sonne unterging. Die Forellen sprangen aus dem Wasser, um sie zu schnappen. Während Nick durch das schmale Stück Wiese den Strom entlangging, waren Forellen hoch aus dem Wasser emporgeschnellt. Als er jetzt den Strom abwärts blickte, hatten sich die Insekten wohl auf der Wasseroberfläche niedergelassen, denn die Forellen fraßen gleichmäßig den ganzen Strom hinunter. Auf der langen Strecke, so weit hinunter, wie er sehen konnte, stiegen die Forellen auf und machten Kreise, so, wie wenn es zu regnen anfinge.

Der bewaldete, sandige Boden stieg an, und man übersah die Wiese, ein Stück Fluß und den Sumpf. Nick ließ seinen Packen und sein Angelfutteral zu Boden gleiten und sah sich nach einem ebenen Stück Erde um. Er war sehr hungrig, und er wollte sein Lager aufschlagen, bevor er abkochte. Zwischen zwei Strauchkiefern war der Boden ziemlich eben. Er nahm die Axt aus dem Packen und hackte zwei hervorstehende Wurzeln weg. Das ebnete ein Stück Erde, groß genug, um darauf zu schlafen. Er glättete den sandigen Boden mit der Hand und riß alle Farnbüschel mit den Wurzeln aus. Seine Hände rochen gut nach den Farnen. Er glättete die aufgewühlte Erde. Er wollte nicht, daß irgend etwas Klumpen unter den Decken machen würde. Als er den Boden glatt hatte, breitete er seine drei Decken aus. Die eine legte er doppelt direkt auf die Erde. Die anderen beiden breitete er darüber.

Mit der Axt spaltete er ein helles Kiefernscheit von einem der Stümpfe ab und schnitt daraus Pflöcke für sein Zelt. Er brauchte lange, starke, die fest in der Erde staken. Nachdem er das Zelt ausgepackt und auf der Erde ausgelegt hatte, sah sein Packen, der gegen eine Strauchkiefer lehnte, viel kleiner aus. Nick band das Seil, das dem Zelt als Firststange diente, an den Stamm eines der Kiefernbäume, zog das Zelt mit dem anderen Seilende vom Boden hoch und band es an der zweiten Kiefer fest. Das Zelt hing auf dem Seil wie eine Decke auf einer Wäscheleine. Nick steckte einen Pfahl, den er zurechtgeschnitten hatte, unter die hintere Spitze der Zeltbahn und machte ein Zelt daraus, indem er die Seiten auspflöckte. Er pflöckte die Seiten straff aus und schlug die Pflöcke mit der flachen Axt tief in den Boden, bis die Seilschlingen mit Erde bedeckt waren und die Plane stramm wie ein Trommelfell war.

Vor die Öffnung des Zeltes spannte Nick Gaze, um die Moskitos auszusperren. Er kroch unter der Latte des Moskitoschutzes mit einer Reihe von Dingen aus seinem Packen durch, um sie ans Kopfende seines Lagers unter die schräge Plane zu legen. Drinnen drang das Licht durch die braune Plane. Es roch angenehm nach Leinwand. Schon hatte es etwas Geheimnisvolles und Gemütliches. Nick war glücklich, als er in dem Zelt umherkroch. Er war tagsüber nicht unglücklich gewesen. Dies jedoch war anders. Jetzt war alles getan. Das hatte getan werden müssen. Jetzt war es getan. Es war eine anstrengende Tour gewesen. Er war sehr müde. Das war geschafft. Er hatte sein Lager aufgeschlagen. Er war unter Dach. Nichts konnte ihm etwas anhaben. Es war ein guter Platz zum Lagern. Und er war da an dem guten Platz. Er war in seinem Heim, wo er es gemacht hatte. Jetzt war er hungrig.

Er kam heraus, kroch unter der Fliegengaze durch. Draußen war es ganz dunkel. Im Zelt war es heller.

Nick ging hinüber zu seinem Packen und fand mit den Fingern zuunterst in seinem Packen in einer papiernen Nageltüte einen langen Nagel. Er trieb ihn in den Kiefernstamm, hielt ihn knapp und schlug ihn behutsam mit der flachen Axt ein. Er hängte seinen Packen an dem Nagel auf. Alle seine Vorräte waren in dem Packen. Sie waren jetzt vom Boden weg und geschützt.

Nick hatte Hunger. Er glaubte nicht, daß er je hungriger gewesen war. Er öffnete und leerte eine Büchse Schweinefleisch mit Bohnen und eine Büchse Spaghetti in die Bratpfanne.

«Es ist mein gutes Recht, solch Zeugs zu essen, wenn ich bereit bin, es zu tragen», sagte Nick. Seine Stimme klang fremd in dem dunkelnden Wald. Er sprach nicht wieder.

Er machte ein Feuer mit ein paar Scheiten Fichtenholz, die er mit der Axt von einem Baumstumpf abschlug. Über das Feuer stellte er einen Drahtrost und drückte die vier Füße mit seinem Stiefel fest in den Boden. Nick setzte die Bratpfanne auf den Rost über die Flammen. Er war jetzt noch hungriger. Die Bohnen und Spaghetti wurden warm. Nick rührte sie um und mischte sie durcheinander. Sie fingen an zu schmurgeln und machten kleine Blasen, die nur langsam an die Oberfläche stiegen. Es roch gut. Nick holte eine Flasche Tomatenketchup heraus und schnitt vier Scheiben Brot. Die kleinen Blasen kamen jetzt schneller. Nick setzte sich neben das

Feuer und nahm die Bratpfanne ab. Er goß ungefähr die Hälfte des Inhalts auf einen Blechteller. Es breitete sich langsam auf dem Teller aus. Nick wußte, es war zu heiß. Er goß etwas Tomatenketchup darüber. Er wußte, die Bohnen und die Spaghetti waren noch zu heiß. Er blickte auf das Feuer, dann auf das Zelt; er würde sich nicht dadurch, daß er sich die Zunge verbrannte, alles verderben. Seit Jahren hatte er keine gebackenen Bananen mit Genuß essen können, weil er nie abwarten konnte, bis sie abgekühlt waren. Seine Zunge war sehr empfindlich. Er war sehr hungrig. Jenseits des Flusses im Sumpf, im Dämmerdunkel, sah er Nebel aufsteigen. Er sah noch einmal auf sein Zelt. Gut! Er nahm einen vollen Löffel von seinem Teller.

«Herrgott», sagte Nick. «Himmelherrgott noch einmal!» sagte er glücklich.

Er leerte den ganzen Teller, bevor er an das Brot dachte. Nick aß den zweiten Teller voll mit Brot und wischte den Teller blank. Er hatte seit einer Tasse Kaffee und einem Schinkenbrot in der Bahnhofswirtschaft in St. Ignace nichts gegessen. Das war ein famoses Erlebnis gewesen. So hungrig war er schon mal gewesen, aber er hatte seinen Hunger nicht stillen können. Er hätte schon vor vielen Stunden sein Lager aufschlagen können, wenn er gewollt hätte. Es gab am Fluß genug Plätze zum Lagern. Aber hier war es gut.

Nick schob zwei große Kiefernscheite unter den Rost. Das Feuer flackerte auf. Er hatte vergessen, Wasser für den Kaffee zu holen. Aus seinem Packen nahm er einen zusammenlegbaren Leinwandeimer heraus und ging den Hügel hinunter, über den Wiesenrand zum Fluß. Das andere Ufer lag in weißem Nebel. Das Gras war naß und kalt, als er am Ufer kniete und den Leinwandeimer in den Strom tauchte. Er bauschte sich und zerrte heftig in der Strömung. Das Wasser war eiskalt. Nick spülte den Eimer aus und trug ihn voll zum Lager zurück. Oben, weiter weg vom Fluß, war es nicht so kalt.

Nick schlug einen zweiten großen Nagel ein und hängte den Eimer mit Wasser daran. Er schöpfte den Kaffeetopf halbvoll, legte noch ein paar Scheite unter den Rost auf das Feuer und stellte den Topf auf. Er konnte sich nicht besinnen, auf welche Art er Kaffee machte. Er konnte sich an eine Diskussion mit Hopkins hierüber erinnern, aber nicht, welche Ansicht er vertreten hatte. Er beschloß, ihn aufkochen zu lassen. Dann fiel ihm ein, daß das Hopkins' Methode gewesen war. Damals hatte er mit Hopkins über alles gestritten. Während er auf das Kochen des Kaffees wartete, machte er eine kleine Büchse Aprikosen auf. Er machte gern Büchsen auf. Er leerte die Büchse mit den Aprikosen in eine Blechtasse. Während er auf den Kaffee auf dem Feuer aufpaßte, trank er vorsichtig, um nichts zu verschütten, zuerst den gesüßten Saft der Aprikosen, und dann lutschte er nachdenklich die Aprikosen herunter. Sie waren besser als frische Aprikosen.

Der Kaffee kochte, während er aufpaßte. Der Deckel hob sich, und Kaffee und Kaffeesatz liefen am Topf herunter. Nick nahm ihn vom Rost. Es war ein Triumph für Hopkins. Er tat Zucker in die leere Aprikosentasse und goß etwas Kaffee zum Abkühlen hinein. Es war zu heiß zum Ausschenken, und er benutzte seinen Hut, um den Henkel des Kaffeetopfs anzufassen. Er ließ den Kaffee überhaupt nicht im Topf ziehen. Nicht die erste

Tasse. Es sollte durchweg à la Hopkins sein. Das verdiente Hop. Er nahm Kaffeemachen sehr ernst. Er war der ernsthafteste Mensch, den Nick je gekannt hatte. Nicht schwerfällig ernsthaft. Das war lange Zeit her. Hopkins sprach, ohne die Lippen zu bewegen. Er hatte Polo gespielt. Er machte viele Millionen Dollar in Texas. Er hatte sich das Fahrgeld geliehen, um nach Chicago zu fahren, als das Telegramm mit der Nachricht kam, daß seine erste große Petroleumquelle erschlossen war. Er hätte nach Geld telegrafieren können. Das hätte zu lange gedauert. Man nannte Hops Braut die blonde Venus. Hop war es egal, weil sie nicht seine richtige Braut war. Hopkins sagte voller Überzeugung, daß keiner sich über seine richtige Braut lustig machen würde. Er hatte recht. Hopkins fuhr los, als das Telegramm kam. Das war am Black River gewesen. Das Telegramm brauchte acht Tage, um ihn zu erreichen. Hopkins schenkte Nick seine .22-kalibrige Selbstladepistole. Seinen Fotoapparat gab er Bill. Zur ewigen Erinnerung an ihn. Man wollte nächsten Sommer wieder zusammen angeln gehen. Der Hop-Häuptling war reich. Er wollte eine

Yacht kaufen, um mit uns am Nordufer des Lake Superior zu kreuzen. Er war aufgeregt, aber es war ihm Ernst damit. Man sagte auf Wiedersehen, und allen war elend zumute. Es machte der Tour ein Ende. Man sah Hopkins niemals wieder. Das war vor langer Zeit am Black River gewesen.

Nick trank den Kaffee, den Kaffee à la Hopkins. Der Kaffee war bitter. Nick lachte. Das war ein guter Schluß für die Geschichte. Sein Verstand begann zu arbeiten. Er wußte, er konnte ihn abdrosseln; er war müde genug. Er goß den Kaffeerest aus dem Topf und schüttelte den Satz los und ins Feuer. Er zündete eine Zigarette an und ging ins Zelt. Er saß auf seinen Decken und zog Schuhe und Hose aus, rollte die Schuhe in die Hose als Kopfkissen und legte sich zwischen die Decken.

Durch die Öffnung des Zeltes beobachtete er das Aufglühen des Feuers, wenn der Nachtwind hineinblies. Es war eine stille Nacht. Der Sumpf war vollkommen still. Nick streckte sich behaglich unter der Decke aus. Ein Moskito summte dicht an seinem Ohr. Nick setzte sich auf und strich ein Zündholz an. Der Moskito saß auf der Zeltbahn über seinem Kopf. Nick langte mit dem Streichholz schnell zu ihm hinauf. Der Moskito zischte zufriedenstellend in der Flamme. Das Streichholz ging aus. Nick legte sich wieder hin unter die Decken. Er drehte sich auf die Seite und schloß die Augen. Er war schläfrig. Er fühlte den Schlaf kommen. Er rollte sich unter der Decke zusammen und schlief ein.

Großer doppelherziger Strom

II

Am Morgen stand die Sonne hoch, und im Zelt begann es heiß zu werden. Nick kroch unter dem Moskitonetz, das vor den Zelteingang gespannt war, heraus, um sich den Morgen zu betrachten. Das nasse Gras netzte seine Hände, als er herauskam. Er hielt seine Hose und seine Schuhe in den Händen. Die Sonne war gerade über dem Hügel aufgegangen. Dort waren die Wiese, der Fluß und der Sumpf. Dort waren Birken im Sumpfgrün auf der anderen Seite des Flusses.

Der Fluß strömte in der Morgenfrühe klar und schnell dahin. Ungefähr zweihundert Meter weiter unten lagen drei Baumstämme quer über dem ganzen Fluß. Oberhalb war das zurückgedämmte Wasser glatt und tief. Während Nick um sich blickte, überquerte ein Nerz auf den Baumstämmen den Fluß und verschwand im Sumpf. Nick war erregt.

Der frühe Morgen und der Fluß erregten ihn. Er hatte es eigentlich zu eilig, um zu frühstücken, aber er mußte es wohl tun. Er machte ein kleines Feuer und stellte den Kaffeetopf auf.

Während das Wasser im Topf heiß wurde, nahm er eine leere Flasche und ging die Böschung hinab zur Wiese. Die Wiese war naß vom Tau, und Nick wollte Grashüpfer als Köder fangen, bevor die Sonne das Gras trocknete. Er fand eine Menge guter Grashüpfer. Sie saßen unten an den Grashalmen. Manchmal klammerten sie sich an einen Grashalm. Sie waren kalt und naß vom Tau und konnten nicht hüpfen, bevor die Sonne sie wärmte. Nick las sie auf – er nahm nur die mittelgroßen braunen – und tat sie in die Flasche. Er drehte einen Baumstamm um, und gerade unter dem Schutz der Kante waren einige hundert Grashüpfer. Es war eine Grashüpfer-Herberge. Nick steckte an die fünfzig von den mittelgroßen braunen in die Flasche. Während er die Grashüpfer auflas, wurden die anderen in der Sonne warm und begannen wegzuhüpfen. Sie flogen, wenn sie hüpften. Nach dem ersten Flugversuch blieben sie bei der Landung starr liegen, als wären sie tot.

Nick wußte, daß sie später, noch ehe er sein Frühstück hinter sich hatte, so springlebendig sein würden wie immer. Ohne Tau auf dem Gras würde er den ganzen Tag brauchen, um seine Flasche voll guter Grashüpfer zu fangen, und dann würde er viele zerquetschen, wenn er mit seinem Hut nach ihnen schlug. Er wusch sich die Hände im Fluß. Seine Nähe erregte ihn. Dann ging er zum Zelt hinauf. Die Grashüpfer sprangen bereits steifbeinig im Gras. In der Flasche sprangen sie, durch die Sonne erwärmt, in dichtem Knäuel. Nick steckte ein Stück Kiefernholz als Korken hinein. Er verstopfte den Hals der Flasche genügend, um die Grashüpfer nicht herauszulassen, und ließ reichlich Luftzufuhr.

Er hatte den Baumstamm zurückgerollt und wußte, daß er sich dort jeden Morgen Grashüpfer holen konnte.

Nick lehnte die Flasche voll springender Grashüpfer an einen Kiefernstamm. Schnell vermischte er etwas Buchweizenmehl mit Wasser und rührte es glatt; eine Tasse Mehl, eine Tasse Wasser. Er tat eine Handvoll Kaffee in den Topf, kippte ein Stück Fett aus einer Büchse und ließ es sprühend über die heiße Pfanne schlittern. Er goß den Buchweizenteig gleichmäßig auf die rauchende Pfanne. Er breitete sich wie Lava aus; das Fett spritzte scharf. An den Rändern fing der Buchweizenkuchen an fest, dann braun, dann knusprig zu werden. Es bildeten sich Blasen, und die Oberfläche wurde langsam porös. Nick fuhr mit einem frischen Kiefernspachtel unter die gebräunte untere Fläche. Er schüttelte die Pfanne seitwärts, und der Kuchen lag lose auf der Pfanne. Ich werde lieber nicht versuchen, ihn hochzuwerfen, dachte Nick. Er schob den sauberen Holzspachtel ganz unter den Kuchen und drehte ihn um, die untere Seite nach oben. Es sprühte in der Pfanne.

Als er fertig war, tat Nick frisches Fett in die Pfanne. Er verbrauchte den ganzen Teig. Es gab noch einen großen Pfannkuchen und einen kleineren.

Nick aß einen großen Pfannkuchen und den kleineren mit Apfelmus bestrichen. Er tat auch auf den dritten Apfelmus, klappte ihn zweimal übereinander, wickelte ihn in Butterbrotpapier und steckte ihn in seine Hemdtasche. Er tat das Glas mit Apfelmus in seinen Packen zurück und schnitt zwei Scheiben Brot ab.

In seinem Packen fand er eine große Zwiebel. Er halbierte sie und schälte die seidige Außenhaut ab. Dann schnitt er eine Hälfte in Scheiben und machte sich Zwiebelbrote. Er wickelte sie in Butterbrotpapier und verstaute sie in der anderen Tasche seines Khakihemds. Er stürzte die Pfanne auf den Rost, trank seinen durch die kondensierte Milch gesüßten und gelbbraun gefärbten Kaffee und räumte das Lager auf. Es war ein famoses Lager.

Nick nahm seine Fliegenangel aus dem ledernen Angelfutteral, steckte sie ineinander und schob das Angelfutteral ins Zelt zurück. Er setzte die Rolle auf und fädelte die Schnur durch die Ringe. Er mußte sie beim Einfädeln fest zwischen beiden Händen halten, sonst wäre sie durch ihr eigenes Gewicht wieder herausgerutscht. Es war eine schwere, doppelt verjüngte Fliegenschnur. Nick hatte vor langer Zeit einmal 8 Dollar dafür bezahlt. Sie war beschwert, damit sie sich rückwärts in die Luft heben und flach, schwer und gerade mit einer Fliege, die doch gar kein Gewicht besitzt, auswerfen ließ. Nick öffnete die Aluminiumschachtel mit den Vorfächern. Die Vorfächer waren zwischen den feuchten Flanellbäuschen zusammengewickelt. Nick hatte sie am Wasserkühler im Zug nach St. Ignace angefeuchtet. Zwischen den feuchten Bäuschen waren die Darmvorfächer geschmeidig geworden, und Nick wickelte eines von ihnen auseinander und knotete es mit einer Schlinge am Ende der schweren Fliegenschnur fest. Am Ende des Vorfachs befestigte er einen Haken. Es war ein kleiner Haken, sehr dünn und elastisch.

Nick saß mit der Angel auf den Knien und nahm ihn aus seinem Hakenbuch. Er probierte den Knoten und die Elastizität der Rute aus, indem er die Schnur straff zog. Es fühlte sich richtig an. Er gab acht, daß der Haken ihm nicht in den Finger ging.

Er machte sich zum Fluß auf, in der Hand die Angelrute. Um seinen Hals hing die Flasche mit Grashüpfern an einem Riemen, den er mit Schluppen um den Flaschenhals befestigt hatte. Sein Kescher hing an einem Haken an seinem Gürtel. Über seine Schulter hing ein großer Mehlsack, dessen Ecken zu Schweinsohren abgebunden waren. Die Schnur lief über seine Schulter. Der Sack schlug gegen seine Beine.

Nick fühlte sich unbeholfen und fachmännisch stolz mit der ganzen Ausrüstung, die an ihm herunterhing. Die Grashüpferflasche schlug gegen seine Brust. Die Brusttaschen seines Hemdes, in denen sein Essen und sein Fliegenbuch steckten, bauschten sich.

Er stieg in den Fluß. Es gab ihm einen Schock. Seine Hose klebte fest an seinen Beinen. Seine Schuhe fühlten den Kies. Das Wasser war ein ansteigender kalter Schock.

Die reißende Strömung sog an seinen Beinen. Wo er hineingestiegen war, ging ihm das Wasser bis über die Knie. Er watete mit der Strömung. Der Kies rutschte unter seinen Schuhen. Er sah hinunter auf die Wasserstrudel um seine Beine und kippte die Flasche seitwärts, um einen Grashüpfer zu fassen.

Der erste Grashüpfer machte im Flaschenhals einen Satz und sprang hinaus ins Wasser. Er wurde von dem Strudel um Nicks rechtes Bein aufgesogen und kam ein Stückchen weiter flußabwärts an die Oberfläche. Er trieb geschwind dahin und stieß um sich. Plötzlich entstand ein Kreis auf der glatten Oberfläche des Wassers, und er verschwand. Eine Forelle hatte ihn geschnappt.

Ein zweiter Grashüpfer steckte seinen Kopf aus der Flasche. Seine Fühler vibrierten. Er schob gerade seine Vorderbeine aus der Flasche, um loszuspringen. Nick faßte ihn am Kopf und hielt ihn fest, während er den dünnen Haken unter seinem Kinn durch seinen Brustkorb und die hinteren Segmente seines Leibes fädelte. Der Grashüpfer umklammerte mit seinen Vorderbeinen den Haken und spie Tabaksaft darauf. Nick ließ ihn ins Wasser fallen.

Er hielt die Rute in der rechten Hand und ließ gegen das Zerren des Grashüpfers in der Strömung Schnur nach. Er streifte mit der linken Hand Schnur von der Rolle und ließ sie frei auslaufen. Er konnte den Grashüpfer auf den kleinen Wellen der Strömung sehen. Dann war er außer Sicht.

Es gab einen Ruck an der Schnur. Nick zog gegen die straffe Schnur. Er hatte seinen ersten Fisch angehakt. Er hielt die jetzt lebendige Rute über die Strömung und holte die Schnur mit der linken Hand ein. Die Rute bog sich zuckend, während die Forelle gegen die Strömung ankämpfte. Nick wußte, es war eine kleine. Er hob die Rute senkrecht in die Luft. Sie bog sich durch den Ruck.

Er sah die Forelle im Wasser mit Kopf und Körper heftig gegen die sich hin und her bewegende Tangente der Schnur im Strom anspringen.

Nick nahm die Schnur in seine linke Hand und zog die Forelle, die erschöpft gegen die Strömung ankämpfte, an die Oberfläche. Ihr Rücken war gefleckt, von klarer Wasser-über-Kieselstein-Farbe; ihre Seite blitzte in der Sonne auf. Nick bückte sich mit der Angel unter dem rechten Arm und tauchte die rechte Hand in die Strömung. Er hielt die zappelnde Forelle in seiner feuchten rechten Hand, während er den Widerhaken aus ihrem Maul löste und sie dann in den Strom zurückfallen ließ.

Sie stand ruhig in der Strömung, dann ließ sie sich auf dem Grund neben einem Stein nieder. Nick langte mit der Hand hinab, um sie zu berühren, den Arm bis zum Ellbogen unter Wasser. Die Forelle hielt sich still in dem strömenden Fluß; sie ruhte auf dem Kies neben einem Stein. Als Nicks Finger sie berührten, ihr glattes, kühles Unter-Wasser-Gefühl verspürten, war sie weg, ein Schatten über dem Grund des Stromes.

Hat ihr nichts gemacht, dachte Nick. Sie war nur müde.

Er hatte seine Hand angefeuchtet, bevor er die Forelle berührte, um den zarten Schleim, der sie bedeckte, nicht zu zerstören. Berührte man eine Forelle mit trockenen Fingern, so griff ein weißer Schwamm die ungeschützte Stelle an. Vor Jahren, als er an überfüllten Strömen gefischt hatte – mit Fliegenfischern vor sich und hinter sich –, war Nick wieder und wieder toten, mit weißem Schwamm bepelzten Forellen begegnet, die gegen einen Felsen geschwemmt waren oder mit dem Bauch nach oben in einer Vertiefung trieben. Wenn sie nicht zur Partie gehörten, verdarben sie's einem.

Er planschte flußabwärts, bis über die Knie in der Strömung, durch die vierzig Meter seichten Wassers oberhalb der Baumstämme, die quer über dem Strom lagen. Er befestigte keinen neuen Köder an dem Haken und hielt ihn beim Waten in der Hand. Er wußte, daß er im Seichten kleine Forellen fangen konnte, aber die wollte er nicht. Zu dieser Tageszeit gab es an den seichten Stellen keine großen Forellen.

Jetzt vertiefte sich das Wasser scharf und kalt um seine Oberschenkel. Vor ihm über den Baumstämmen lag die glatte, zurückgedämmte Wasserflut. Das Wasser war glatt und dunkel, zur Linken der untere Wiesenrand, zur Rechten der Sumpf.

Nick stemmte sich gegen die Strömung und nahm einen Grashüpfer aus der Flasche. Er befestigte den Grashüpfer am Haken und spuckte auf ihn von wegen Glück. Dann zog er mehrere Meter Schnur von der Rolle und warf den Grashüpfer weit hinaus auf das schnelle dunkle Wasser. Er trieb hinunter, den Baumstämmen zu, dann zog das Gewicht der Schnur den Köder unter die Oberfläche. Nick hielt die Rute in der rechten Hand und ließ die Schnur durch die Finger auslaufen.

Das Abhaspeln der Rolle löste ein mechanisches Quietschen aus, als die Schnur wegsauste. Zu schnell. Nick hatte sie nicht in der Gewalt; die Schnur sauste weg; das Quietschen der Rolle wurde schriller, während die Schnur auslief.

Während die Spule der Rolle zum Vorschein kam und Nicks Herz vor Erregung auszusetzen schien, und er sich gegen die Strömung stemmte, die eisig um seine Schenkel anstieg, hielt er den Daumen seiner linken Hand fest auf der Rolle. Es war schwierig, seinen Daumen in die Haspelvorrichtung hineinzubekommen.

Als er Druck zulegte, straffte sich die Schnur in plötzlicher Starre, und jenseits der Baumstämme sprang eine riesige Forelle hoch aus dem Wasser. Als sie sprang, senkte Nick die Spitze der Rute. Aber als er die Spitze senkte, um die Spannung zu verringern, spürte er den Moment, in dem die Spannung zu stark war, die Härte zu groß. Natürlich war das Vorfach gerissen. Das Gefühl ließ sich nicht mißdeuten, als die Schnur die ganze Elastizität verlor und trocken und hart wurde. Dann erschlaffte sie.

Als Nick aufhaspelte, war sein Mund trokken, und er war niedergeschlagen. Er hatte noch nie eine so große Forelle gesehen. Das war eine Schwere, eine Stärke, die nicht zu halten war, und dann ihr Umfang, als sie sprang! Sie sah so breit wie ein Lachs aus.

Nicks Hand war zittrig. Er haspelte langsam auf. Die Erregung war zu groß gewesen. Ihm war irgendwie ein bißchen übel, und er hatte das Gefühl, als ob er sich lieber hinsetzen solle. Das Vorfach war gerissen, wo der Haken angeschlungen war. Nick nahm ihn in die Hand. Er dachte an die Forelle irgendwo auf dem Grund, wie sie sich reglos über dem Kies hielt, tief, fern vom Tageslicht, unter den Stämmen, mit dem Haken im Kiefer. Nick wußte, die Zähne der Forelle würden den Draht des Widerhakens durchbeißen. Der Haken würde sich in ihren Kiefer einbetten. Wetten, daß die Forelle wütend war. Ein so großes Biest mußte ja die Wut kriegen. Das war eine Forelle! Die war fest angehakt gewesen. Fest wie ein Felsen. Sie hatte sich auch wie ein Felsen angefühlt, bevor sie losgesaust war. Weiß Gott, das war 'ne große gewesen! Weiß Gott, das war die größte gewesen, von der ich je gehört hatte.

Nick kletterte hinaus auf die Wiese und stand da, und das Wasser lief ihm die Hose hinunter und aus den Schuhen, aus seinen quatschenden Schuhen. Er ging hinüber und setzte sich auf die Baumstämme. Er wollte sein Erlebnis voll auskosten.

Er ließ seine Zehen in den Schuhen im Wasser spielen und holte eine Zigarette aus seiner Brusttasche. Er zündete sie an und warf das Streichholz in das schnellströmende Wasser unterhalb der Baumstämme. Eine winzige Forelle schnappte nach dem Streichholz, als es in der schnellen Strömung herumwirbelte. Nick lachte. Er würde seine Zigarette zu Ende rauchen.

Er saß rauchend auf den Baumstämmen und trocknete in der Sonne, die Sonne warm auf dem Rücken; der seichte Fluß vor ihm trat in den Wald ein, schlängelte sich in den Wald. Untiefen, glitzerndes Licht, große, wasserglatte Felsblöcke, Zedern am Ufer und weiße Birken, die Baumstämme warm in der Sonne, glatt zum Draufsitzen, ohne Borke, schiefrig beim Anfassen; langsam wich das Gefühl der Enttäuschung. Es ging langsam fort, dies Gefühl der Enttäuschung, das jäh der Erregung gefolgt war, die ihm Schulterschmerzen verursacht hatte. Jetzt war es wieder in Ordnung. Nick hatte seine Angel auf den Stämmen liegen, als er einen neuen Haken an das Vorfach band; er zerrte an dem Darm, bis er sich in einen festen Knoten zusammenzog.

Er befestigte einen Köder, nahm dann die Angelrute auf und ging bis ans andere Ende der Baumstämme, um dort ins Wasser zu steigen, wo es nicht zu tief war. Unter und hinter den Baumstämmen war eine Vertiefung. Nick ging um die flache Sandbank dicht am Sumpfrand, bis er in das seichte Flußbett herauskam.

Links, wo die Wiese aufhörte und der Wald begann, war eine große Ulme entwurzelt. Der Sturm hatte sie umgestürzt; sie lag mit der Krone in den Wald hinein, und ihre Wurzeln, die voller Erdklumpen hingen, in denen Gras wuchs, stiegen neben dem Fluß zu einem festen Wall an. Der Fluß spülte bis an den entwurzelten Baum. Nick konnte von dort, wo er stand, tiefe Kanäle erblicken, wie Furchen, die in das seichte Strombett durch das Fließen der Strömung eingeschnitten waren. Steinig, wo er stand, steinig und voll Geröll weiter unten; wo das Strombett in der Nähe der Baumwurzeln einen Bogen machte, war es mergelhaltig, und zwischen den Furchen mit tiefem Wasser schwangen grüne Algen in der Strömung.

Nick schwang die Rute nach hinten über die Schulter und nach vorn, und die sich vorwölbende Schnur legte den Grashüpfer auf eine der tiefen Furchen zwischen den Algen nieder. Eine Forelle biß zu, und Nick haute an.

Nick hielt die Rute weit hinaus auf den entwurzelten Baum zu, planschte rückwärts in der Strömung und führte die springende Forelle an der lebendig sich biegenden Rute aus der Gefahrenzone der Algen in den offenen Fluß hinaus. Nick hielt die lebendig gegen die Strömung ankämpfende Angelrute und landete die Forelle. Sie schoß hin und her, aber er trillte sie; das Federn der Angelrute gab dem heftigen Zerren nach, manchmal ruckte sie unterm Wasser krampfhaft an, aber er brachte sie immer näher. Nick ließ mit der Strömung gegen ihr Zerren etwas nach. Mit der über seinem Kopf erhobenen

Rute führte er die Forelle über den Kescher, dann hob er ihn an.

Die Forelle hing schwer im Netz, gefleckter Forellenrücken, silbrige Seiten in den Maschen. Nick hakte sie los; füllige Seiten, die sich gut anpackten, großer, vorragender Kiefer, und ließ die schwer atmende Forelle in großem Schwung in den langen Sack gleiten, der von seinen Schultern ins Wasser hinabhing.

Nick spreizte die Öffnung des Sacks gegen die Strömung, und er füllte sich schwer mit Wasser. Er hielt ihn hoch, das untere Ende im Fluß, und das Wasser strömte an den Seiten heraus. Drinnen am Boden war die große Forelle lebendig im Wasser.

Nick watete stromabwärts. Der Sack vor ihm sank, schwer im Wasser, und zerrte an seinen Schultern.

Es wurde heiß; pralle Sonne auf seinem Nacken.

Nick hatte eine gute Forelle. Ihm lag nicht daran, viele Forellen zu kriegen. Hier war der Strom seicht und breit. An beiden Ufern standen Bäume. Die Bäume des linken Ufers warfen in der Vormittagssonne kurze Schatten auf die Strömung. Nick wußte, daß es an jeder schattigen Stelle Forellen gab. Am Nachmittag, wenn die Sonne zu den Hügeln hinübergewechselt hatte, würden die Forellen in dem kühlen Schatten auf der anderen Flußseite sein.

Die allergrößten würden dicht am Ufer ruhen. Im Black konnte man sie dort immer zu fassen kriegen. Wenn die Sonne untergegangen war, zogen sie alle hinaus in die Strömung. Gerade wenn die Sonne, bevor sie unterging, das Wasser blendend aufblitzen ließ, konnte man, so gut wie sicher, irgendwo in der Strömung eine große Forelle anhaken. Dann war es beinahe unmöglich, zu angeln; die Oberfläche des Wassers blendete wie ein Spiegel in der Sonne. Natürlich konnte man gegen den Strom fischen, aber in einem Fluß wie dem Black oder diesem hier mußte man mit aller Kraft gegen die Strömung anwaten, und an tiefen Stellen türmte sich das Wasser um einen hoch. Bei einer so starken Strömung wie dieser war es kein Spaß, gegen den Strom zu fischen.

Nick watete ein Stück im Flachen und musterte dabei die Ufer auf tiefe Löcher hin.

Eine Buche wuchs so dicht am Fluß, daß ihre Zweige ins Wasser hinabhingen. Der Strom floß hinter den Blättern hindurch. An solchen Stellen gab es immer Forellen.

Nick hatte keine Lust, in dem Schlupfwinkel da zu angeln. Sicher würde er sich in den Ästen verheddern.

Aber es sah tief aus. Er ließ den Grashüpfer fallen, so daß die Strömung ihn unter den überhängenden Ast unter Wasser sog. Es riß heftig an der Schnur, und Nick haute an. Die Forelle schlug, zur Hälfte aus dem Wasser heraus, schwer gegen Blätter und Äste. Die Schnur hatte sich verfangen. Nick zog kräftig, und die Forelle war frei. Er haspelte auf, hielt den Haken in der Hand und ging den Strom abwärts.

Vor ihm, dicht am linken Ufer, lag ein großer Baumstamm. Nick sah, daß er hohl war; er wies flußaufwärts, und die Strömung floß glatt in ihn hinein; nur ein kleines Gekräusel breitete sich zu beiden Seiten des Stammes aus. Das Wasser wurde tiefer. Obenauf war der hohle Stamm grau und trocken. Er lag teilweise im Schatten.

Nick nahm den Korken aus der Grashüpferflasche. Ein Grashüpfer klammerte sich daran. Er nahm ihn ab, hakte ihn an und warf ihn aus. Er hielt die Angelrute weit hinaus, so daß der Grashüpfer auf dem Wasser in die Strömung trieb, die in den hohlen Baumstamm flutete. Nick senkte die Rute, und der Grashüpfer trieb hinein. Es gab einen heftigen Ruck. Nick hob die Rute gegen das Zerren. Es fühlte sich an, als ob er den Baumstamm selbst angehakt hätte, bis auf das Gefühl von etwas Lebendigem.

Er versuchte, den Fisch hinaus in die Strömung zu zwingen. Er kam schwer.

Die Schnur wurde schlaff, und Nick glaubte, die Forelle sei weg. Dann sah er sie nahe in der Strömung mit dem Kopf schlagen, um den Haken loszuwerden. Ihr Maul war zugeklemmt. Sie kämpfte gegen den Haken in der klarfließenden Strömung.

Nick holte mit der Linken die Schnur ein und schwang die Rute, um die Schnur zu straffen, und versuchte, die Forelle dem Kescher zuzulenken, aber sie war weg, außer Sicht, und die Schnur zuckte. Nick trillte sie gegen die Strömung und ließ sie im Wasser gegen die federnde Angelrute anspringen. Er wechselte die Angel hinüber in die linke Hand und trillte die Forelle den Strom aufwärts, hielt ihr Gewicht, wie sie gegen die Angelrute ankämpfte, und ließ sie dann hinab in den Kescher. Er hob sie ganz aus dem Wasser – ein schweres, halbkreisförmiges Etwas im Kescher, dem triefenden Kescher, machte sie vom Haken los und ließ sie in den Sack gleiten.

Er spreizte den Sack auf und sah hinein auf seine zwei lebendigen Forellen im Wasser.

Durch das tiefer werdende Wasser watete Nick zu dem hohlen Baumstamm hinüber. Er streifte den Sack über den Kopf; die Forellen schlugen um sich, als er aus dem Wasser kam, und Nick hängte ihn so auf, daß die Forellen tief im Wasser waren. Dann zog er sich auf den Stamm hinauf und saß da, während das Wasser aus seiner Hose und seinen Schuhen in den Strom hinunterlief.

Er legte seine Angelrute hin, rückte ans schattige Ende des Stammes und nahm seine Brote aus der Tasche. Er tauchte die Brote ins kalte Wasser. Die Strömung trug die Krümel fort. Er aß die Brote und füllte seinen Hut voll Wasser, um zu trinken, und das Wasser lief, gerade vor seinem Mund, durch den Hut hindurch.

Es war kühl im Schatten, als er auf dem Stamm saß. Er nahm eine Zigarette und strich ein Zündholz an, um sie anzustecken. Das Zündholz grub sich in das schiefrige Holz ein und machte eine winzige Furche. Nick beugte sich über den Rand des Stammes, fand eine harte Stelle und strich das Zündholz an. Er saß und rauchte und beobachtete den Fluß.

Vor ihm verengte sich der Fluß und führte in einen Sumpf. Der Fluß wurde glatt und tief, und es sah aus, als ob der Sumpf aus Zedern bestand, Stamm an Stamm, mit undurchdringlichen Zweigen. Es würde nicht möglich sein, durch so einen Sumpf zu waten. Die Zweige wuchsen zu tief. Man mußte sich beinahe flach am Boden halten, um überhaupt vorwärts zu kommen. Man konnte nicht durch die Zweige brechen. Aus dem Grunde waren wahrscheinlich auch die Tiere, die im Sumpf lebten, so gebaut, wie sie's waren, dachte Nick.

Es tat ihm leid, daß er sich nicht etwas zum Lesen mitgenommen hatte. Er hatte Lust zum Lesen. Er hatte keine Lust, weiter in den Sumpf hineinzuwaten. Er sah den Fluß hinunter. Eine große Zeder neigte sich quer über den ganzen Strom. Dahinter mündete der Fluß in den Sumpf.

Nick wollte jetzt nicht da hineingehen. Er spürte einen Widerwillen gegen das tiefe Waten, wo das Wasser ihm bis zu den Achselhöhlen stieg und man große Forellen an Stellen anhakte, wo man sie unmöglich landen konnte. Die Ufer im Sumpf waren kahl; die großen Zedern stießen mit den Wipfeln aneinander; die Sonne drang nicht durch, außer in Flecken; in dem schnellen, tiefen Wasser im Zwielicht würde das Angeln tragisch sein. Im Sumpf war Angeln ein tragisches Abenteuer. Nick hatte keine Lust darauf. Heute wollte er nicht weiter den Strom hinuntergehen.

Er nahm sein Messer heraus, öffnete es und spießte es in den Baumstamm. Dann zog er den Sack herauf, langte hinein und holte eine der Forellen heraus. Er hielt sie dicht am Schwanz, schwer zu halten, lebendig in seiner Hand, und schlug sie gegen den Stamm. Ein Zittern ging durch die Forelle; sie wurde starr. Nick legte sie auf den Stamm in den Schatten und brach dem anderen Fisch auf dieselbe Art die Wirbelsäule. Er legte sie nebeneinander auf den Baumstamm. Es waren Prachtforellen.

Nick säuberte sie, indem er sie vom After bis zu den Kiemen aufschlitzte. Das ganze Eingeweide, die Kiemen und die Zunge kamen in einem Stück heraus. Es waren zwei Männchen mit langen grauweißen Streifen Milch, glatt und sauber. Das ganze Innere, sauber und fest, kam in einem Stück heraus. Nick schleuderte die Eingeweide ans Ufer für die Nerze.

Er wusch die Forellen im Strom. Als er sie mit dem Rücken nach oben ins Wasser hielt, sahen sie wie lebende Fische aus. Sie hatten die Farbe noch nicht verloren. Er wusch sich die Hände und trocknete sie auf dem Baumstamm. Dann legte er die Forellen auf den Sack, der auf dem Baumstamm ausgebreitet lag, rollte sie hinein, schnürte das Bündel zusammen und steckte es in den Kescher. Sein Messer stak noch mit der Klinge im Baumstamm. Er säuberte es am Holz und steckte es in die Tasche.

Nick stellte sich auf den Baumstamm; er hielt die Angel in der Hand; der Kescher hing schwer herab, dann stieg er ins Wasser und planschte ans Ufer. Er kletterte das Ufer hinauf und durchquerte den Wald auf die hochgelegene Stelle zu. Er ging zurück zum Lager. Er blickte zurück. Der Fluß war gerade noch zwischen den Bäumen zu sehen. Viele Tage lagen vor ihm, an denen er im Sumpf fischen konnte.

ERNEST HEMINGWAY
Eine Auswahl

Der alte Mann und das Meer
rororo 328

Fiesta
Roman. rororo 5

Der Garten Eden
Roman. Deutsch von Werner Schmitz
320 Seiten. Gebunden und rororo 12801

Gefährlicher Sommer
Deutsch von Werner Schmitz
224 Seiten. Mit Fotos. Gebunden und rororo 12457

Gesammelte Werke
Kassette mit 10 Bänden. rororo 31012

Die grünen Hügel Afrikas
rororo 647

In einem andern Land
Roman. rororo 216

Die Stories
Deutsch von Annemarie Horschitz-Horst
500 Seiten. Gebunden und rororo 13843

Inseln im Strom
Roman. rororo 4080

Paris – ein Fest fürs Leben
rororo 1438

Tod am Nachmittag
rororo 920

50 JAHRE ROWOHLT ROTATIONS ROMANE

50 Taschenbücher im Jubiläumsformat
Einmalige Ausgabe

Paul Auster, *Szenen aus «Smoke»*
Simone de Beauvoir, *Aus Gesprächen mit Jean-Paul Sartre*
Wolfgang Borchert, *Liebe blaue graue Nacht*
Richard Brautigan, *Wir lernen uns kennen*
Harold Brodkey, *Der verschwenderische Träumer*
Albert Camus, *Licht und Schatten*
Truman Capote, *Landkarten in Prosa*
John Cheever, *O Jugend, o Schönheit*
Roald Dahl, *Der Weltmeister*
Karlheinz Deschner, *Bissige Aphorismen*
Colin Dexter, *Phantasie und Wirklichkeit*
Joan Didion, *Wo die Küsse niemals enden*
Hannah Green, *Kinder der Freude*
Václav Havel, *Von welcher Zukunft ich träume*
Stephen Hawking, *Ist alles vorherbestimmt?*
Elke Heidenreich, *Dein Max*
Ernest Hemingway, *Indianerlager*
James Herriot, *Sieben Katzengeschichten*
Rolf Hochhuth, *Resignation oder Die Geschichte einer Ehe*
Klugmann/Mathews, *Kleinkrieg*
D. H. Lawrence, *Die blauen Mokassins*
Kathy Lette, *Der Desperado-Komplex*
Klaus Mann, *Der Vater lacht*
Dacia Maraini, *Ehetagebuch*
Armistead Maupin, *So fing alles an ...*
Henry Miller, *Der Engel ist mein Wasserzeichen*

50 JAHRE ROWOHLT ROTATIONS ROMANE

Nancy Mitford, *Böse Gedanken einer englischen Lady*
Toni Morrison, *Vom Schatten schwärmen*
Milena Moser, *Mörderische Erzählungen*
Herta Müller, *Drückender Tango*
Robert Musil, *Die Amsel*
Vladimir Nabokov, *Eine russische Schönheit*
Dorothy Parker, *Dämmerung vor dem Feuerwerk*
Rosamunde Pilcher, *Liebe im Spiel*
Gero von Randow, *Der hundertste Affe*
Ruth Rendell, *Wölfchen*
Philip Roth, *Grün hinter den Ohren*
Peter Rühmkorf, *Gedichte*
Oliver Sacks, *Der letzte Hippie*
Jean-Paul Sartre, *Intimität*
Dorothy L. Sayers, *Eine trinkfeste Frage des guten Geschmacks*
Isaac B. Singer, *Die kleinen Schuhmacher*
Maj Sjöwall/Per Wahlöö, *Lang, lang ist's her*
Tilman Spengler, *Chinesische Reisebilder*
James Thurber, *Über das Familienleben der Hunde*
Kurt Tucholsky, *So verschieden ist es im menschlichen Leben*
John Updike, *Dein Liebhaber hat eben angerufen*
Alice Walker, *Blicke vom Tigerrücken*
Janwillem van de Wetering, *Leider war es Mord*
P. G. Wodehouse, *Geschichten von Jeeves und Wooster*

Programmänderungen vorbehalten